Antonio Muñoz Molina

Der Putsch,
der nie stattfand

Roman • Deutsch von
Willi Zurbrüggen • Rowohlt

Die Originalausgabe erschien 1994
unter dem Titel «El dueño del secreto»
bei Ollero & Ramos, Editores, Madrid
Redaktion Miriam Mandelkow

1. Auflage März 1998

Umschlaggestaltung Beate Becker
(Foto: G+J Photonica / Steven Edson)
Satz Baskerville (Linotronic 500)
Gesamtherstellung Clausen & Bosse, Leck
Printed in Germany
ISBN 3 498 04376 5

Das Schlimme an den Tyranneien,
wie der von Spanien erlittenen, ist,
daß der übermäßige Druck auf die einzelnen,
obzwar er bei einigen wenigen auserwählten Seelen
die ausgezeichnetsten Eigenschaften hervorkeimen
läßt, bei den gewöhnlichen Sterblichen,
die wir nicht aus dem Holz von Helden und
Heiligen geschnitzt sind, unsere niedrigsten Instinkte
zum Vorschein bringt.
FRANCISCO AYALA: *Erinnerung und Vergessen*

Im Mai 1974 gehörte ich in Madrid einige Wochen lang einer Verschwörung an, die darauf abzielte, das Francoregime zu stürzen. Angeführt wurde sie von einem berühmten General, von dem es hieß, wenige Tage nach der portugiesischen Revolution habe er anonyme Briefe bekommen, die als einzige Botschaft ein Monokel enthielten. Kein Mensch erinnert sich mehr daran, aber General Antonio de Spinola, der Hauptanführer des Aprilaufstandes, trug eines; es verlieh ihm das demonstrative Aussehen eines altmodischen Verschwörers, eines anachronistischen Militärs, der keine blutige Maschinerie von der Art des chilenischen Militärputsches, sondern eine friedliche liberale Erhebung anführte.

Die spanische Verschwörung, parallel zur portugiesischen, aber unabhängig von ihr, hatte einen unerwarteten Impuls durch die freudigen Ereignisse des 25. April erhalten, ein Datum, das für meine Generation ebenso unvergeßlich ist wie der chilenische 11. September, der sich einige Monate zuvor, Ende 1973, zugetragen hatte: Die Morde und das Zusammenpferchen der Menschen im Fußballstadion von Santiago brachten uns in Erinnerung, daß die vom

State Department ausgebildeten und begünstigten faschistischen Militärs nicht die geringsten Regungen von Nachsicht oder Mitleid kannten; die Ereignisse von Lissabon lehrten uns die gegenteilige Lektion, denn in diesem Fall war das Militär zwar ebenfalls Protagonist, brachte jedoch die Demokratie, anstatt sie zu vernichten. Plötzlich zeigte sich in Portugal, daß die kühnsten Freiheitsträume wahr werden konnten, daß eine noch ältere und versteinertere Diktatur als die spanische über Nacht vom Antlitz der Erde getilgt werden konnte, genau wie die Monarchie von Alfons XIII. gestürzt worden war, in einem anderen April, fast ein halbes Jahrhundert zuvor, ohne Tote, ohne Tumulte und Katastrophen, in einem stolzen, einmütigen Akt.

Ich erinnere mich noch an den Augenblick, als ich, an einem wolkenverhangenen Nachmittag, der in meiner Erinnerung eher in den März paßte, die Zeitungsmeldung an einem Kiosk auf der Gran Vía las, wo ich mir gerade *Informaciones* gekauft hatte. Ich konnte Wochen ohne eine warme Mahlzeit auskommen oder kilometerweit laufen, um die zwei Peseten für einen Metrofahrschein zu sparen; worauf ich jedoch nie verzichtete, war die Morgen- und die Abendzeitung, sehr zur Entrüstung meines Freundes und Zimmergenossen Ramón Tovar, auch Ramonazo oder Tovaritsch genannt, dem diese tägliche Ausgabe ebenso unverständlich war wie meine Laune, mir zweimal die Woche in der Pension eine

Dusche zu leisten, anstatt einmal alle zwei Wochen, wie es seiner hygienischen Norm entsprach. Trotz meines Hungers bereiteten mir an jenem Abend des 26. April die Schlagzeile und das Foto auf der Titelseite – auf dem man einen Kampfpanzer sah, umringt von Menschen, die den Soldaten Nelken überreichten (*nossas armas sao cravos*, lasen wir später auf den Plakaten: die Revolution lehrte uns Portugiesisch) – ein spontanes, warmes Glücksgefühl, weiteten meine Brust und ließen mich tief und frei atmen, als habe der Staatsstreich nicht in Portugal, sondern bei uns in Spanien stattgefunden. Ich weiß noch, wie ich ganz benommen den Gehweg auf der Seite der Telefongesellschaft entlangging und so in meine Zeitung vertieft war, daß ich mit jemandem zusammenstieß, so begeistert war von dem Bericht über jene letzte Nacht der Tyrannei in Portugal, über die mit ausgeschalteten Lichtern auf Lissabon zurollenden Kampfpanzer, die Radiosender, die alle ein einziges fröhliches, rhythmisches Lied von José Alfonso spielten, *Grandola, vila morena*, daß ich, als ich in das unsympathische, verärgerte Gesicht dessen blickte, den ich angerempelt hatte, ihn, statt um Entschuldigung zu bitten, am liebsten umarmt und ihm die Nachricht mit derselben ungläubigen Begeisterung mitgeteilt hätte, die an diesem Morgen zweifellos die Menschen in den Straßen der portugiesischen Städte ergriffen hatte. Schließlich war Portugal so nah, daß seine Revolution beinah auch uns betraf, und am selben Wochenende noch fuhren viele spanische Rote nach Lissabon, um dort den ersten 1. Mai in Freiheit mit der Inbrunst von Hymnen und roten Fahnen zu feiern. Konnten Franco und sein finsterer Hofstaat die Zeit auf ewig an sich vorbeiziehen lassen; würde sich eine von demokratischen Ländern umringte faschistische Diktatur noch sehr viel länger halten können? Die Frage, die man sich in jenen Tagen stellte, war im Grunde jedoch viel intimer, viel persönlicher, hatte mit politischen Überzeugungen oder Standpunkten kaum etwas zu tun: Konnte ein Mensch so viel Pech haben, daß er sein ganzes Leben lang diese Trostlosigkeit, diese dumpfe Last, diesen endlosen Überdruß des Francoregimes ertragen mußte, diese Angst, der längst alles Märtyrerhafte und Epische abhanden gekommen war, die sich so hartnäckig hielt wie eine Krankheit, wie ein moralisches Rheuma?

Ich weiß nicht mehr, wohin ich an jenem Abend ging, als ich mir die Zeitung gekauft hatte, sicher irgendwohin, wo man mir Reklamezettel in die Hand drücken würde, die ich verteilen sollte, denn damals suchte ich in den Stellenanzeigen von *Ya* unermüdlich nach Aushilfsbeschäftigungen, doch außer gelegentlichen Schreibarbeiten, die Ataúlfo Ramiro mir auftrug, war das einzige, das mir jemals angeboten wurde, die Aufzucht von Chinchillas oder Champignons in den eigenen vier Wänden und das Verteilen von Reklamezetteln vor den Eingängen der Metro.

Irgendwann kam ich jedenfalls in der Pension an, rannte die in den Geruch von Schinken und Räucherwurst getauchte Treppe zum dritten Stock hinauf – im Erdgeschoß befand sich ein Feinkostladen –, um die Neuigkeit meinem Freund Ramonazo mitzuteilen, der, da er sich im Streik befand und seine Kräfte schonen wollte, ganze Tage im Bett verbrachte, in völliger Dunkelheit und so unbeweglich, daß die Pensionswirtin ihn für tot hielt, als sie einmal in unser Zimmer kam, weil sie glaubte, wir seien beide ausgegangen, und zweifellos auch in der Absicht, irgend etwas als Unterpfand für die Monate, die wir ihr die Miete schuldeten, zu konfiszieren. Ich fand ihn schlafend, oder vielmehr feist vor sich hin dösend, von seiner körperlichen Erscheinung her einem Bären im Winterschlaf nicht unähnlich, ich schüttelte ihn, bis er aufwachte, und hielt ihm die Titelseite von *Informaciones* vors Gesicht, das unrasiert noch mehr dem eines Bauern glich, noch runder und noch roher, doch eine Kraft und eine Gesundheit ausstrahlte, denen die Entbehrungen nichts anzuhaben vermochten. Auf seinem Nachttisch lagen eine Ausgabe der Zeitschrift *Diez Minutos* und ein Exemplar *Ausgewählte Gedichte* von Mao Zedong, der damals noch Mao Tse-tung hieß und überaus angesehen war, nicht nur als Politiker, sondern auch als Dichter und Philosoph. Da Ramonazo nicht nur Maoist, sondern auch sonst ein bißchen auf dem laufenden war, wollte er der Angelegenheit anfangs keine große Bedeutung beimessen, zog sie sogar in Zweifel, setzte eine skeptische Miene auf, wie immer, wenn er eine bürgerliche Zeitung zu Gesicht bekam, einschließlich jener, die als einzige nicht vollkommen und verabscheuenswert faschistisch war und ihren Träger auf der Straße so unfehlbar identifizierte wie eine Fahne, ein Bart oder eine Ausgabe der Wochenzeitung *Triunfo*: Für Ramón Tovar, Ramonazo oder Tovaritsch, den neubekehrten Maoisten, war die gesamte bürgerliche Presse unterschiedslos verlogen und verblendend, letzteres ein Wort, das er von der jungen Maoistin gelernt hatte, mit der er zusammen war, so daß er mir jetzt achselzuckend sagte, das Ganze sei eine Falle der Rechten, der natürlichen Verbündeten der Sozialfaschisten, und er sei sehr müde, woraufhin er sich wieder aufs Bett legte und die Decke bis zur Nasenspitze hochzog, an die Wand starrte, ohne ein einziges Mal zu blinzeln, zweifellos, um die Minimalmenge an Energie zu sparen, die für eine Wimpernbewegung erforderlich ist. Er hätte sich wohl nicht träumen lassen, daß er einige Wochen später mit mir zusammen in eine Verschwörung wie die portugiesische verstrickt sein und durch eine Unvorsichtigkeit seinerseits zu ihrem Scheitern beitragen sollte, was den Einzug der Demokratie in Spanien um mehrere Jahre zurückwarf und uns allen das grandiose Freudenfest der Freiheit vorenthielt, in das die Portugiesen sich gerade stürzten. Wir haben weder die Kasernen der Politischen Polizei in Brand gesetzt noch

Denkmäler des Diktators umgestürzt oder im Freudentaumel in öffentlichen Brunnen geplanscht. Zu uns kam alles viel gemächlicher, sachter, unerträglich tröpfelnd, mit Ungewißheiten und Rückschritten, mit derselben Langsamkeit einer urzeitlichen Echse, mit der General Franco starb, mit Terror und Verfolgungen und Verbrechen, die niemals aufhörten, ohne daß die Gesichter und die Stimmen derer, die sie befahlen, sich groß veränderten, ohne daß wir jemals die Freude hatten, neu zu beginnen, alles hinter uns zu lassen und ein neues Zeitalter zu erleben: Freude oder Fata Morgana, mir wär's egal gewesen. Auch für die Portugiesen änderte sich die Welt nicht so sehr, wie sie glaubten, wie wir aufs innigste mit ihnen und durch sie glaubten, doch zumindest hatten sie diese wenigen Nächte der Begeisterung, der höchsten Wonnen und der Befreiung, hatten diesen Traum, errichtet aus den konkreten Bausteinen der Realität.

Ich will natürlich nicht behaupten, Ramonazo sei verantwortlich dafür gewesen, daß in Spanien eine Revolution wie die in Portugal scheiterte. Und selbst wenn, wäre es in Wirklichkeit nicht seine Schuld gewesen, sondern meine, da ich es war, der ihm entgegen meinem Schwur nicht nur von der Existenz einer Verschwörung berichtet, sondern auch Namen von darin verwickelten Persönlichkeiten des öffentlichen Lebens anvertraut hatte und sogar noch das ungefähre Datum, an dem die militärischen Aktionen beginnen sollten. Schon damals, mit achtzehn Jahren, litt ich an einer Charakterschwäche, die mir, mehr in meiner Selbstachtung als in meinem Umgang mit anderen, immer sehr geschadet hat und die darin besteht, daß ich kein Geheimnis für mich behalten kann, obwohl ich mich rühme, ein zurückhaltender Mensch und kein Freund von Klatsch und Tratsch zu sein. Das stimmt aber nicht. Die meisten Geheimnisse, die man mir im Laufe meines Lebens anvertraut hat, waren zwar vollkommen trivial, doch eine Tatsache ist auch, daß ich keines davon zu wahren wußte oder vermochte und daß ich in jedem Fall mit absoluter Überzeugung geschworen habe, keine der Enthüllungen, die man mir darbot, jemals weiterzuerzählen. Wäre ich Priester geworden, würde ich unablässig gegen das Beichtgeheimnis verstoßen. Ich habe nie den Mund halten können, nicht einmal vor meinen Kindern, wenn sie mich fragten, welche Geschenke es zum Geburtstag oder zu Weihnachten gebe. Stets habe ich mir gesagt, und da war meine Frau mit mir einer Meinung, daß es besser sei, wenn die Kinder es erst im allerletzten Moment erführen, weil ihnen so die Illusion erhalten bliebe, aber es half alles nichts, es war wie der Drang einer unüberwindlichen Eitelkeit, wie ein nicht zu unterdrückendes Verlangen, sie möchten mir möglichst umgehend die Opfer danken, die wir für sie brachten; ein Gebrechen wie Harninkontinenz, für das ich, nebenbei gesagt, auch anfällig bin.

Nur einmal in meinem Leben war ich im Besitz eines wirklich kostbaren Geheimnisses, eines, das, wie es so schön heißt, den Lauf der Geschichte Spaniens ändern konnte, und kaum hatte ich es erfahren und geschworen, es zu hüten, da brannte es in mir wie glühendes Eisen und ließ mich nicht mehr schlafen. Drei Tage vergingen, bis ich es jemandem erzählte, und wenn ich so lange widerstand, dann nicht, weil ich verdienstvollerweise drei Tage lang mit mir gerungen hätte, sondern weil Ramonazo mit der Autoscooterbahn, auf der er damals arbeitete, gerade eine Tour durch die Provinz unternahm und es außer ihm niemanden in Madrid gab, dem ich mich hätte anvertrauen können. Niemanden, zugegeben, außer Ataúlfo Ramiro, der damals mein Freund, mein Gönner und Beschützer war und den die Aura eines Vaters oder eines großzügigen, uneingeschränkten Lehrers umgab, der allerdings auch derjenige war, der mir das Geheimnis anvertraut und rigoroses Stillschweigen darüber gefordert hatte.

Gewiß war meine Bedeutung unter den Verschwörern minimal, und ich lernte so gut wie keinen von ihnen kennen, und ebenso gewiß ist auch, daß die genannte Verschwörung scheiterte, doch das nimmt nichts von der Tatsache, daß ich Botschaften quer durch Madrid transportierte, und nichts von der Gefahr, einmal sogar beinahe verhaftet worden zu sein. Auch die Zweifel, die mir selbst während der letzten neunzehn Jahre an diesem Abenteuer gekommen sind, können weder die Erinnerung an den Schrecken mildern, den ich damals ausgestanden habe, noch können sie mir etwas von der Schwärmerei, der Begeisterung und der Bewunderung nehmen, die ich für den Mann empfand, der mir die Ehre erwiesen hatte, mich in die Reihen der Verschwörer aufzunehmen, wobei ich kaum mehr war als ein hungriger, einsamer und etwas verrückter Bursche, und der mich nicht nur in die Geheimnisse des Lebens im Untergrund eingeführt hat, sondern auch in die luxuriösen Wonnen des Whiskys, der Langusten und nächtlichen Taxifahrten.

Jener Mann – unnötig zu sagen, daß er in Wirklichkeit nicht Ataúlfo Ramiro hieß, aber ich glaube nicht, daß es klug wäre, seine Identität preiszugeben oder daß ich ein Recht dazu hätte – starb vor sieben oder acht Jahren, er war gerade sechzig geworden, in der Blüte seines Lebens. Ich habe immer zu meiner Frau gesagt: «Wir müssen einmal nach Madrid fahren, damit du Ataúlfo kennenlernst», aber dann verschiebt man die Dinge ein ums andere Jahr, man hat seine Arbeit und die Kinder, und mit einemmal stellt man fest, daß der Besuch, den man so oft verschoben hat, endgültig hinfällig geworden ist. Ataúlfo starb eines Morgens im Februar auf der Calle de Alfonso XII, die er so liebte, gegenüber dem Gitterzaun des Retiro. Er starb an einem Gehirnschlag, aber so wie er gelebt hat, hätte er auch an Lungenkrebs, Leberversagen oder an einem Herzinfarkt sterben können.

Ich hatte ihn nicht mehr gesehen, seit ich Mitte Mai 74 Madrid mehr oder weniger fluchtartig verlassen hatte. Von gemeinsamen Freunden erfuhr ich, daß er sich hatte scheiden lassen und danach eine sehr viel jüngere Frau geheiratet hatte, daß die neue Ehe ihn glücklich gemacht und ihm die gnadenlose Feindschaft seiner Kinder eingetragen hatte, zugleich jedoch von einem beruflichen Aufschwung begleitet war, der ihn in kurzer Zeit reich gemacht hatte.

Die Nachricht überraschte mich, unter anderem, weil ich immer geglaubt hatte, er sei Multimillionär, obgleich er in einer kleinen, dunklen Wohnung in der Calle Quintiliano wohnte, wo er auch sein Büro hatte. Mit meinen achtzehn Jahren und in dem Zustand bitterer Not, in dem ich mich damals befand, hielt ich jeden, der ein leidlich anständiges Leben führte, für einen Potentaten: Selbst meinen Mitbewohnern in der Pension, die sich ein Einzelzimmer leisten konnten, schrieb ich maßlose gesellschaftliche Privilegien zu. Ataúlfo Ramiro war der erste Mensch, den ich kennenlernte, der nur Taxi fuhr, Whisky und Markenweine trank und Langusten und Kaviar aß. In Ataúlfos Begleitung, und von ihm freigehalten, betrat ich zum erstenmal einen Nachtclub oder eine Bar mit Animierdamen und sah, wie diese weißhäutigen, üppigen, halbnackten Frauen, deren Nähe allein mir schon zittrige Knie verursachte, ihn mit Vornamen begrüßten, sich auf seinen Schoß setzten und Champagner mit ihm tranken. Die breiten grünen Geldscheine von damals, so grün und das Papier so steif, daß es knisterte, quollen ihm förmlich aus den Taschen, aus allen Taschen, denen seiner Hose und seines Jacketts, als vervielfachten sie sich dort aufs fröhlichste, und ich sah ihn sein Geld ausgeben, dankte ihm die Großzügigkeit, die er mir erwies, und dachte, mit einem winzigen Teil des Kapitals, das Ataúlfo dort verpraßte, könne ich leicht ein ganzes Semester finanzieren.

Niemals empfand ich jedoch Groll oder Klassenneid gegen Ataúlfo, wie mein Freund Tovaritsch, der ein paar Monate nach mir aus unserem Dorf nach Madrid gekommen war; doch nicht, um zu studieren, denn die Schule hatte er schon mit zwölf Jahren verlassen und seit sechs Jahren arbeitete er als Mechaniker, sondern um sich mit der ersten Beschäftigung durchzuschlagen, die sich ihm böte, da er der Meinung war, bei jeder weniger ausgebeutet zu werden als in der Autowerkstatt, aus der er kam, die Dunkelheit von Schmieröl noch in seinen breiten Handflächen und unter den Fingernägeln, eine Autoschlossern oder Kohlenträgern eigene Rußigkeit in der dichten Schwärze seines unrasierten Gesichts.

Ramonazo kannte ich aus den Zeiten des Tischfußballs bei der *Acción Católica*. Er war ziemlich klein und gedrungen, sehr kräftig, mit vorzeitigem Doppelkinn und fleischigem Nacken, einem prallen Bauch und kurzen, kräftigen Fingern, unter deren Nägeln stets ein Trauerrand wie von Werkstattschmiere klebte. Uns verband auf Anhieb ein diffuser Hang zur Linken und ein hartnäckiges Verlangen, die Welt zu sehen. Sonntagnachmittags schlenderten wir mit den Händen in den Taschen durch die Calle Nueva, aßen Mandelkerne und planten in allen Einzelheiten die kommende Revolution, einschließlich Zwangskollektivierungen, Schnellgerichtsverfahren und standrechtlichen Erschießungen. Ramonazo (er war geschmeichelt, wenn man ihn Tovaritsch nannte, bis er in Madrid Maoist wurde) war ein Verfechter der Schauprozesse und Inbrandsetzung jener Kirchen, die keine Verwendung als Lager oder Garagen fanden, und wenn ich, gemäßigter oder beeinflußt von irgendeinem linken Priester oder den verschwommenen Theorien über Christentum und Marxismus, die in den Publikationen der Kommunistischen Partei kursierten, ihm zu bedenken gab, der eine oder andere Gläubige könne sich doch vielleicht auf die Seite der Revolution schlagen, geriet er sofort in Raserei und fühlte sich in seinem Verdacht bestärkt, ich sei in Wirklichkeit nichts anderes als ein elender Reformist.

Einen Tag bevor ich nach Madrid ging, feierten wir beide meine Abreise, indem wir eine ganze Flasche Valdepeñas leerten und dazu Tapas von gebratenem Speck und zerstoßenen Oliven in einer Kneipe aßen, die *Hier bin ich und hier bleib ich* hieß und deren Gäste auf die eine oder andere Art diesem Namen alle Ehre machten. Im Trunkenheitsrausch nahm

Ramonazo mir das Versprechen ab, ihm dabei behilflich zu sein, in Madrid Fuß zu fassen, wenn er sich endlich dazu durchränge, von zu Hause fortzulaufen, und er schwor mir seinerseits, sobald ihm das Glück hold sei, seinen Erfolg mit mir zu teilen: Er glaubte, nicht ganz ohne Grund, daß meine Möglichkeiten, es als Student in Madrid zu etwas zu bringen, begrenzt seien, und daß seine Lebenserfahrung, sehr viel umfassender und authentischer als meine, schließlich hatte er nicht umsonst sechs Jahre lang seine Brötchen selbst verdient, uns beiden sehr zugute käme, wenn wir uns schließlich zusammentäten. Er beteuerte, wir Studenten taugten zu nichts, nicht einmal zur Revolution, wie man einige Jahre zuvor an den Universitäten Frankreichs und der Vereinigten Staaten gesehen habe, und der Mangel an körperlicher Betätigung weiche den Willen auf und mache die Hände schlaff. Deshalb war er dafür, daß man uns Studenten grundsätzlich die Köpfe kahlschöre und uns hin und wieder zum Arbeiten auf die Felder oder in die Fabriken schicke wie im maoistischen China, einem Land, das Ramonazo bewunderte, lange bevor er diese Freundin hatte, von der sich herausstellte, daß sie zur FRAP gehörte und die ihn eines Vormittags im Mai 1974 an die Hand nahm und zur Plaza de Neptuno führte, um die rote Fahne auf dem Dach des Palace Hotels wehen zu sehen, denn dort hatte in der ersten Zeit die chinesische Botschaft ihren Sitz, als China diplomatische Beziehungen zum franquistischen Spanien aufgenommen hatte.

Nachdem wir in der Nacht des Abschieds im *Hier bin ich und hier bleib ich* mehr aus Verbohrtheit als mit Genuß das letzte Glas Valdepeñas geleert und den letzten Bissen kalten Bratspecks hinuntergeschluckt hatten, zeigte Ramonazo auch Zweifel an meiner zukünftigen Loyalität ihm gegenüber: «Sobald du mit diesen Universitätsjüngelchen in Madrid zusammen bist, wirst du deinen Freund vergessen haben.»

Natürlich vergaß ich ihn. Ich vergaß alles. Der zehrende Hunger schwächte mein Gedächtnis ebenso wie meine Beine, und die Ankunft und die ersten Wochen in Madrid waren wie eine Überschwemmung mit Bildern und Empfindungen, die so gewaltsam auf mich eindrangen, daß in meinem Bewußtsein nicht die geringste Spur meines früheren Lebens zurückblieb. Ich bekam ein paar Briefe von ihm, die ich zerstreut und mit Verspätung beantwortete, Briefe, die er auf linierten, querformatigen Blättern schrieb, so wie sie damals die Soldaten benutzten, wenn sie an ihre Familien schrieben, und in einer Schrift, die eher zur Generation unserer Eltern gepaßt hätte. Ich versicherte ihm, was gelogen war, ich hätte schon einige Versuche unternommen, ihm Arbeit in einer Autowerkstatt oder an einer Tankstelle zu besorgen, und fügte ein paar Flunkereien über meine Teilnahme an Unikämpfen hinzu, die er mit nächster Post umgehend verächtlich machte und dabei auch den üblichen drohenden Hinweis auf die chinesischen Reiskommunen und die kubanische Zuckerrohrernte nicht vergaß. Er schrieb mir, er stehe im Begriff, der Werkstatt, in der er arbeitete, und der Geizestyrannei seines Chefs zu entfliehen, den er Sklaventreiber oder Glatzkopf nannte. Zwischen den Zeilen, so als könne der Brief womöglich abgefangen werden, ließ er mich wissen, er sinne über einen Trick nach, seine Ersparnisse von der Bank abzuheben, ohne seinen Vater etwas davon merken zu lassen. Ich war so weit fort von ihm und von allem, was mit meinem früheren Leben und dem trüben, zähen Alltagstrott in meinem Dorf zu tun hatte, daß ich, als ich ihn ein paar Monate später in der Diele unserer Pension stehen sah, einige Sekunden brauchte, bis ich ihn erkannte. Er sprach, als wären wir nicht in Madrid, sondern als würde er mich von zu Hause abholen und wir würden gleich Mandelkerne kauend in unseren Sonntagsanzügen die Calle Nueva entlangschlendern. Ich erfand alle möglichen Vorwände, um ihn loszuwerden, denn gerade als er kam wollte ich mit meiner Reiseschreibmaschine in der Hand aus dem Haus gehen, weil ich eine Arbeit als Schreibkraft bei Ataúlfo Ramiro zu erledigen hatte.

Was ich allerdings vorrangig wollte, war zu Abend essen, Whisky trinken, amerikanische Zigaretten rauchen und mir die unendlichen Geschichten von Ataúlfo anhören. An manchen Tagen kam ich praktisch nüchtern zu ihm, so daß die Langusten, die

Jungaale oder der Kaviar, zu denen er mich später einlud, meine einzige Nahrung waren: Ich lebte zwischen knurrendem Hunger und Lachsschnittchen, zwischen Dosenmilch und Martini Dry, zwischen den kalten Bänken auf der Plaza de España, auf denen ich jeden Morgen die Stellenanzeigen studierte, und den tiefen Sesseln im *José Luis* und dem *Chicote*. Ich sah Madrid durch ein Glas von Ferne und Befremden, getrübt durch die Trugbilder des Hungers und die augenblicklich einsetzenden Räusche von Malzwhisky auf nüchternem Magen. Doch die Trübheit war damals süß und golden, schimmernd und köstlich, ebenso komfortabel wie die Taxifahrten um zwei oder drei Uhr morgens zurück zur Pension und zum wirklichen Leben, durch die leeren Prachtstraßen, in meiner Phantasie bestückt mit Kampfpanzern, die durch die Calle de Alcalá zur Puerta del Sol vorrückten, mit republikanischen und roten Fahnen auf dem Postgebäude und auf den finsteren Balkonen der Geheimpolizei. Damals gab es noch Nachtwächter in Madrid, und wenn ich betrunken heimkam, hatte ich keine Hemmungen, in der nächtlichen Ruhe und der Stille der Straße laut in die Hände zu klatschen und, da Ataúlfos Verschwendungssucht immer gleich auf mich übergriff, dem Nachtwächter ein aufwendiges Trinkgeld zu geben; erst am andern Morgen stellte ich fest, daß mir kein einziger Centavo mehr geblieben war.

Das waren Zeiten.

Für Ataúlfo begann ich
durch Vermittlung eines Kommilitonen zu arbeiten, der in einer nahe gelegenen Pension wohnte, mit dem ich jedoch nie Freundschaft schloß, obwohl wir uns aus dem Gymnasium kannten. Er war in meinem Alter, aber ziemlich hochmütig, und ich weiß nicht, ob er vergeßlich oder schlecht erzogen war, denn manchmal grüßte er mich nicht, wenn wir uns auf der Straße begegneten. Ich meine mich zu erinnern, daß er Sprachen studierte, und habe gehört, daß er jetzt einen hohen Posten beim Übersetzerdienst des Europäischen Parlaments oder ähnlichem hat. Es ist immer seltsam, sich vorzustellen, daß jemand aus demselben Ort wie man selbst so weit in der Welt herumkommt. Ökonomisch stand er sich etwas besser als ich, dank eines monatlich ausgezahlten Stipendiums, wie ich es aufgrund meiner mittelmäßigen Noten vergebens beantragt hatte: Ich sah ihn oft in der Cafetería Yale frühstücken, die für mich so unerreichbar war wie das Palace. Eines Morgens stießen wir vor dem Yale aufeinander, und obwohl ich nicht glaube, daß ich mehr als fünfundzwanzig Peseten in der Tasche hatte, schlug ich ihm vor, zusammen zu frühstücken. Er erzählte mir dann von einer Arbeit, die er für einen entfernten Verwandten von ihm, einen Rechtsanwalt, gemacht hatte und jetzt aufgeben mußte, weil ihm ein paar Vorlesungen auf den Nachmittag gelegt worden waren: eine Gelegenheitsarbeit, stundenweise, Texte auf der Schreibmaschine

tippen oder Briefe nach Diktat schreiben. Er notierte mir eine Telefonnummer auf einer Papierserviette und sagte, ich solle noch am Vormittag anrufen. Vor mir tat sich der Himmel auf, doch ich wollte mich für den Gefallen nicht allzu herzlich bedanken, um meinem Kommilitonen nicht die Not zu offenbaren, in der ich mich befand, und um nicht jene diffus gönnerhafte Haltung noch zu verstärken, die er mir gegenüber einnahm. Als es ans Bezahlen ging, rief ich den Kellner und tat, als wolle ich in die Innentasche meiner Jacke greifen, so wie ich es bei vermögenden Leuten gesehen hatte, doch zum Glück hielt mein Gegenüber mich zurück und nahm die beiden Milchkaffees und die Porras auf seine Rechnung.

Damals waren die öffentlichen Telefone in Madrid noch schwarz und von einer altväterlichen Solidität, und man brauchte spezielle Münzen für sie. Ich hatte in meinem Leben bisher nur selten telefoniert, und es machte mich nervös, jemanden anzurufen, einen Fremden obendrein, und ich war mir nie sicher, ob ich die Marke auch korrekt eingesteckt oder die richtige Nummer gewählt hatte. Das Rufzeichen und der Fall der Münze ins Innere des Apparats ließen mir wie einem Tölpel das Herz pochen. Obgleich mir der Klang meiner Stimme lächerlich und meine Worte konfus vorkamen, verstand die Frau, die sich mit matter Stimme am Telefon meldete, mein Anliegen und gab mir für den gleichen Nachmittag einen Termin, wies mich an, meine Schreibmaschine mitzubringen und pünktlich um fünf dort zu sein. Die Sprache von Madrid, so gestrichen voll mit «s»en, schüchterte mich ein: Als Kind hatte ich geglaubt, das «s» am Ende eines Wortes auszusprechen sei den Reichen vorbehalten. Obwohl es erst Dienstag war, nahm ich eine Dusche, zog mir saubere Wäsche an, polierte meine Schuhe mit der Bettdecke, stärkte mich zum Mittagessen mit einem großen Pastetenbrötchen, zu dem ich gesundheitsbewußt ein Glas Wasser aus dem Hahn trank, vor meinem offenen Zimmerfenster sitzend, durch das zu dieser Zeit stets ein Brutzeln und ein Bratengeruch hereinwehte, appetitlicher noch als der der Würste unten aus dem Lebensmittelgeschäft. Ich überlegte, ob ich später zum Friseur gehen und mir die Haare schneiden lassen sollte, die vielleicht etwas zu lang waren für den Geschmack eines Rechtsanwalts, den ich mir ernst und unnahbar vorstellte, mit schwarzem Anzug und einem religiösen Abzeichen im Knopfloch, so wie die Anwälte und Notare in meinem Heimatort, die alle Mitglieder in der Bruderschaft der Auferstehung und alte Anhänger der Falange waren.

Ich ging aber doch nicht zum Friseur: Ich würde zu spät kommen, und außerdem konnte man ja nicht seine Prinzipien verraten, die zu jener Zeit fester in den Haarwurzeln als in der Ideologie verankert waren. Die wenige mir noch verbleibende Zeit nutzte ich, um meine Schreibmaschine zu inspizieren und zu reinigen, die ich stets so eingefettet und einsatzbereit hielt wie ein Offizier seine Dienstwaffe, wenn mir der Vergleich gestattet sei. Meine Reiseschreibmaschine, glänzend, leicht, schnell wie ein Geschoß, wenn ich mit ihr die zweihundertfünfzig Anschläge in der Minute erreichte, mit dem trockenen, rhythmischen Klappern ihrer Tasten und dem Klingeln am Ende der Zeile, mit ihrem Geruch von Metall, Fett und dieser alkoholischen Flüssigkeit zur Reinigung von Schreibmaschinen – für mich, obwohl es längst keinen Grund mehr dafür gibt, immer noch ein Geruch des Glücks. Es war eine *Tippa Adler*, das Gehäuse und der Deckel in einem sehr sanften Grau gehalten, und ich brauchte sie nur in meiner Hand zu spüren, wenn ich durch die Straßen ging wie ein Musiker mit seinem Instrumentenkasten, um mich ermutigt und nicht mehr allein zu fühlen, gleichsam durch sie gerechtfertigt, da ich nun glaubte, den ersten Schritt hin zu meiner Berufung als Journalist zu tun, einer Berufung, die mich seit meinem zwölften Lebensjahr erfüllte und nur einmal zu weichen drohte, als ich die breiten Flure der Fakultät für Zeitungswissenschaften betrat, die heute Informationswissenschaften heißt, und in der die Professoren über so unbegreifliche Wissensgebiete wie Semiotik oder Kommunikation referierten. Ich wollte aber kein Informationswissenschaftler werden, was wie Pharmazeut oder Kirchenrechtler klang, und Semiotiker oder Kommunikationsforscher schon gar nicht: Ich wollte Journalist werden, was mir so naheliegend und so unumgänglich vorkam, wie Räuber oder Feuerwehrmann zu werden, und die Erregung, die sich meiner bemächtigte, sobald ich eine Zeitung durchblätterte, das Papier zwischen meinen Fingern spürte und die Druckerschwärze roch oder wenn ich vor meiner Schreibmaschine saß und schrieb, als hätte ich zehn Minuten vor Redaktionsschluß noch eine wichtige Meldung zu verfassen und als säße ich auch nicht vor dem Klapptisch in meinem Pensionszimmer, sondern mitten in einer lärmenden Zeitungsredaktion, diese Erregung verflog jedesmal, wenn ich in einem Hörsaal der Fakultät saß und mir meine Notizen machte.

Ich war geboren, um Journalist zu werden, ein *Vollblutjournalist*, wie ich manchmal las, und ich hatte alles hinter mir gelassen, um nach Madrid zu gehen, wo sich die wichtigen Dinge ereigneten und wo Journalisten gemacht wurden, doch nach zwei Monaten dort war mein Zugang zum Journalismus noch derselbe wie in meinem Heimatort, mit dem einzigen, wenn auch grundlegenden Unterschied, daß ich die Zeitungen des gleichen Tages lesen konnte, anstatt die schon erkalteten, faden Blätter vom Vortag, die damals die Provinz erreichten und einem eine Art obligatorischen Anachronismus aufzwangen.

Doch wenn auch die Zeit für mich noch nicht gekommen war, als Journalist auf meiner Maschine zu schreiben, so half sie mir wenigstens, meinen Lebensunterhalt als Schreibkraft zu verdienen, falls jener Anwalt mit dem so volltönenden Namen, der beinah beängstigend klang, mich tatsächlich einstellte. Um halb fünf eines Nachmittags mit eisig hellem Sonnenschein ging ich mit meiner Schreibmaschine in die Metro der Plaza de España hinunter, und im Waggon hielt ich den Griff des Deckels fest umklammert und sah mich verstohlen um, aus Furcht, irgendein Halbstarker oder Taschendieb könne sie mir entreißen. In jenen Tagen gefiel mir noch alles an Madrid, auch das, was mich schreckte, und ich tauchte mit der Abenteuerlust und Energie eines Forschers in die Tunnel und Waggons der Metro ein, ersann mit Hilfe eines Stadtplans Strecken ins Unbekannte und schaute mir jedes Gesicht, dem ich begegnete, ganz genau an, denn keine Figur und keine Einzelheit im großen Schauspiel des fremden Lebens wollte ich verpassen.

Die Luft war jedoch in der Regel heiß, stickig, ein wenig feucht, und manchmal fand man sich in niedrigen, endlos langen Tunneln wieder, in denen sonst kein Mensch mehr zu finden war, oder man glitt unbewegt auf Rolltreppen nach unten, die so steil waren, daß einem schwindelte. In der Metro ängstigten mich die drängenden Menschenmassen zu Büroschlußzeiten und das Rattern der Züge, vor allem aber die Stille und Einsamkeit in einigen Gängen, in denen man plötzlich Schritte in seinem Rükken hörte, Schritte und manchmal auch das kurze, regelmäßige Klopfen eines Blindenstocks. Auf die Straße hinauszutreten, das Tageslicht wiederzusehen und die frische Luft einzuatmen war jedesmal eine Erleichterung, und wenn ich dann auf dem Gehweg dahinging, fühlte ich mich, als hätte ich selber etwas von einer Erscheinung. So fühlte ich mich an diesem Nachmittag auch auf der Avenida de América, wo ich bisher, glaube ich, noch nie gewesen war, und da ich während der Metrofahrt gewohnheitsgemäß den Stadtplan studiert hatte, brauchte ich niemanden zu fragen, wie ich zur Calle Quintiliano kam, wo man mich in wenigen Minuten erwartete.

Ich brachte die Zeit herum, indem ich mir an einem Kiosk die Schlagzeilen der Abendausgaben anschaute, die sich hauptsächlich auf einen sogenannten *Geist des zwölften Februar* bezogen. Es fehlten noch zwei Monate bis zum glorreichen April von Lissabon, weniger als drei bis zur spanischen Erhebung, von der ich noch nicht wußte, daß ich an ihr beteiligt sein würde, und etwas mehr als eineinhalb Jahre bis zum Tod des versteinerten Zwerges, des Methusalems mit dem ewigen Leben, der im Schwarzweiß der Fernsehapparate wie die vorweggenommene Mumie seiner selbst aussah, einbalsamiert mit Orden oder akkurat mit dem Anzug und Filzhut eines winzigen Mümmelgreises, eines lästigen Opas, mit dem niemand mehr etwas anzufangen wußte: Das Dumme an der Zukunft ist, daß man einfach nicht erahnen kann, was sie bringt, solange sie noch nicht Vergangenheit ist, und die einzigen zutreffenden Vorhersagen sind die aus der Rückschau. In jenem Winter, jenen Februartagen hatte es noch den Anschein, als werde die Diktatur niemals enden, so allgegenwärtig war sie, so bewährt in ihrem reibungslosen Ablauf, daß sie Francos Tod ungefährdet überleben würde, falls dieser in nicht allzu ferner Zeit stürbe, was nicht immer sicher schien. Und wenn er hundert Jahre alt würde, wie diese bedauernswerten, heruntergekommenen Alten, die in den Zeitungen *Großvater Spaniens* oder *Urgroßmutter von Aragón* genannt wurden, oder gar hundertunddreißig, wie diese Hirten aus dem Kaukasus, die sich nur von Quark und Joghurt ernährten?

Über die Avenida de América kam eine Kolonne Polizeijeeps gefahren, gefolgt von einem Bus, in dem man hinter den Drahtgittern, die vor Fenster und Scheinwerfer montiert waren, Helme von Bereitschaftspolizisten mit hochgeschobenen Visieren erkennen konnte. Irgendwo begann eine Sirene zu schrillen, und zur gleichen Zeit ging auf allen Jeeps das Blaulicht an. Mit pochendem Herzen beschleunigte ich meinen Schritt und widerstand dem Wunsch, meine Blicke weiterhin auf sie gerichtet zu halten. Ich hatte sogar Angst, denn ich war ausgesprochen besorgt, daß man mich wegen meiner Schreibmaschine verhören könnte. (Jahre später berichtete mir ein Freund, der tatsächlich Journalist und internationaler Korrespondent geworden war, so wie ich es gern geworden wäre, daß die Zöllner an den Grenzen einiger kommunistischer Länder Schreibmaschinen konfiszierten.)

Eine noch nicht sehr große Gruppe von Leuten schien sich an einer Straßenecke zu sammeln, neben einem Übergang, unter dem der Verkehr hindurchrauschte. Ich glaubte andere Gruppen an anderen Ecken zu sehen, Männer mit Jacken und Dufflecoats und Zeitungen unter dem Arm, unbeteiligt dreinschauende Leute, die zufällig dort sein mochten oder eine gemeinsame Absicht verfolgten. Man erriet, daß jeden Moment etwas passieren konnte, und nicht zu wissen was machte allein schon angst und erregte. Jene vereinzelten Menschengruppen konnten plötzlich zu einer kompakten, flüchtenden Menge werden oder sich verlaufen, ohne die geringste Spur zu hinterlassen, die Sirenen und die Polizeijeeps konnten sich in eine andere Richtung entfernen, hin zu einer anderen Straßenkreuzung der Stadt, wo bärtige junge Leute verdächtig beieinanderstanden, verdächtig unbeteiligt in Schaufenster schauten oder auf Busse warteten.

Aufrichtig erleichtert bog ich um die Ecke der Calle Quintiliano und betrat den düsteren Eingang der Nummer 32. Hinter mir war das Heulen weiterer Sirenen zu hören. Ich stieg in den zweiten Stock hinauf und vernahm jetzt nur noch meine Schritte auf den hölzernen Stufen. Ich hatte mich gewundert, an der Haustür keines dieser goldglänzenden Schilder vorzufinden, wie Anwälte sie haben. An der Tür im zweiten Stock rechts gab es aber eine Plakette, sehr klein allerdings und von minderer Qualität, wie aus Resopal, und auf ihr stand nur der Name Ataúlfo Ramiro Retamar, ein Name, so wohlklingend und voller Autorität, daß er allein eine Bronzetafel und den Titel eines Abgeordneten oder Notars aufwog. Ich drückte auf die Klingel, aber nur einmal und so zaghaft, daß niemand aufmachte. Ich klammerte mich noch fester an den flexiblen Griff meiner Schreibmaschine, strich mein Haar mit der rechten Hand straff zur Seite und klingelte etwas resoluter. Dieselbe lustlose Stimme, die ich am Telefon gehört hatte, sagte «Komme schon», und man vernahm ein schleppendes Geräusch von Hausschuhen, bevor die Tür aufging, nicht ohne große Beklemmung meinerseits.

Ich weiß nicht, ob ich eine Zofe mit weißem Häubchen und weißer Schürze oder einen ernsten Butler erwartet hatte, doch eine ungekämmte Dame mittleren Alters in abgetragenen Pantoffeln und einem über ein Nachthemd geworfenen Hausmantel vor mir zu sehen, beeindruckte mich nicht minder. Eine Bekannte meines Vaters, die Hausfriseuse und eine eifrige Leserin von Liebesromanen und der Bücher von Carlos de Santander war, hatte ich einmal sagen hören, daß die wirklichen Multimillionäre und die Herzöge und Prinzen, die die Größe Spaniens ausmachten, sich auf die erstbeste Art und Weise kleideten, ganz im Gegensatz zu den Neureichen und den Möchtegernadeligen, die mangels Substanz töricht darauf bedacht waren, den äußeren Schein zu pflegen. Jene Dame nun mußte zum erwähltesten Kreis der Multimillionäre oder spanischen Granden gehören, denn es war fünf Uhr nachmittags, und man sah, daß sie gerade erst dem Bett entstiegen war; ein warmer Hauch von Schläfrigkeit und Schlafzimmer umgab sie noch.

Sie schaute mich an, gähnte und hielt die Hand vor den Mund, dann schaute sie auf meine Schreibmaschine und machte dabei ein Gesicht, als hätte sie gerade einem aufdringlichen Handwerker die Tür geöffnet. Vor wenigen Jahren mußte sie noch sehr hübsch gewesen sein, doch die Schönheit ihrer überaus jugendlichen Züge hatte das Erschlaffen der Haut nicht überlebt. Mundwinkel und Stirnlinien waren zu Falten geworden. Ihre Lippen waren geschminkt, nicht aber die Augen, was die kränkliche Blässe eines ungesunden Lebens im Haus noch verstärkte. Ich sagte, ich käme wegen der Stelle als Schreibkraft, und zuerst verstand sie nichts, doch dann lachte sie auf: «Die Stelle als Schreibkraft», wiederholte sie und fuhr sich mit der Hand durchs Haar, belustigt zweifellos über den Ernst, den diese Worte einer Tätigkeit verliehen, der kaum ein höherer Anspruch beizumessen war als stundenweisem

Putzen. Sie sagte, ihr Mann verspäte sich vermutlich ein wenig, und falls ich möchte und nichts Besseres vorhabe, könne ich in seinem Arbeitszimmer auf ihn warten. Aus der mitleidig-ironischen Art, wie sie mich ansah, ging deutlich hervor, daß sie ganz sicher war, daß ich nichts Besseres vorhatte.

Sie entschuldigte sich mit einer flüchtigen Andeutung über Kopfschmerzen und verschwand schlurfend am Ende eines Flurs, verdunkelt mit granatroten Vorhängen, die mir geheimnisvoll und luxuriös erschienen. Im Arbeitszimmer blieb ich die ersten Minuten stehen, weil ich mir aus Respekt vor der fremden Intimität nicht anzuschauen traute, was ich vor Augen hatte. Eine ganze Wand war mit juristischen Kompendien bedeckt, es gab einen großen Tisch, dessen Form unter Stapeln von Papieren und Akten verschwand, eine Stehlampe mit einem Schirm aus imitiertem altem Pergament und einen dieser Sessel kastilisch-klösterlicher Art, wie sie damals viel in Gebrauch waren. Auf der anderen Seite des Tisches stand der Besucherstuhl, ein einfacher Küchenstuhl aus rotem Plastik, was ich wiederum als Zeichen reicher Extravaganz und der Mißachtung von Konventionen deutete. Das Arbeitszimmer war insgesamt so winzig und so vollgestellt mit Dingen, daß ich mich fragte, wo meine Schreibmaschine und ich unterzubringen seien, wenn es ans Schreiben ginge. Nach Ablauf einiger angemessener Minuten und angesichts der Tatsache, daß niemand erschien, hielt ich mich für berechtigt, auf dem Rand des roten Plastikstuhls Platz zu nehmen.

Ich blieb exakt zweidreiviertel Stunden auf ihm sitzen, die Knie aneinandergepreßt, die Ellenbogen auf die Oberschenkel aufgestützt und dumpf ins Leere oder auf die nicht ganz sauberen Fenstervorhänge starrend, wie bei einer Totenwache, in langsam verrinnender, niemals endender toter Zeit. Ich betrachtete die Rücken der juristischen Fachbücher, die gotischen Lettern der Diplome, die an der Wand hingen, die Gesichter auf dem Abschlußfoto des Jahrgangs 1955 bis 1960 zum juristischen Staatsexamen, und fragte mich, welches davon der herzlosen Person gehören mochte, die mich um fünf Uhr herbeizitierte, um mich dann bis acht Uhr warten zu lassen. Nach und nach sammelten sich in mir die Symptome des Mißgeschicks: Zuerst hatte ich das Bedürfnis zu urinieren, dann spürte ich in meinem Magen das Nagen und die Trostlosigkeit des Hungers, denn das Pastetenbrötchen hatte ich bereits um zwei Uhr gegessen, und außerdem braucht, wie meine Mutter sagt, ein gesunder Organismus eine anständige warme Mahlzeit; um sechs war es bereits vollständig dunkel, und ich traute mich weder zu gehen noch die Lampe anzumachen; um Viertel nach sechs mußte ich so dringend, daß ich die Beine zusammenpreßte wie in der Schulbank des Priesterseminars kurz vor der Pause; verzweifelt, eine absurde Erscheinung nur noch, trat ich auf den finsteren Flur hinaus, auf der Suche nach einer Toilette oder jemandem, den ich fragen konnte, vernahm jedoch ein jähes, höchst unangenehmes Lachen und flüchtete wieder ins Arbeitszimmer, bevor mir klar wurde, daß das, was ich gehört hatte, der Fernseher war. Falls niemand sich sehen ließ, falls weder Ataúlfo kam noch die Dame sich meiner erinnerte, noch ich mich zum Gehen entschloß, würde ich dann für alle Zeit hier sitzen bleiben, wie eine Figur in einem absurden Theaterstück?

Durch das Fenster drang, über den Verkehrslärm hinweg, der ferne Klang von Ambulanz- oder Polizeisirenen. Seit meiner ersten, vor Aufregung schlaflosen Nacht in Madrid war es mir als besonders auffällig erschienen, daß man immerzu Sirenen hörte. Ich ließ die Tür des Arbeitszimmers angelehnt und spitzte die Ohren, um unter dem mechanischen Gelächter des Fernsehers, der vielleicht in der Wohnung nebenan stand, irgendeinen Hinweis auf den Verbleib der Frau zu erhaschen, die mir geöffnet hatte. Um kurz nach sieben klingelte das Telefon. Es klingelte dreimal, dann hörte es auf, und mir wurde klar, daß ich es hörte, aber nicht wußte, wo es stand. Wieder klingelte es: wieder dreimal, dann Stille. Ich fand das Telefon unter einem Stapel von Urteilen des Obersten Gerichts, der bei einer leichten Berührung ins Rutschen geriet und eine staubige Lawine unbeschnittenen Büttens niedergehen ließ. Ich starrte immer noch darauf, als es zum drittenmal klingelte und nicht mehr aufhörte, so als fordere es mich auf, den Hörer abzunehmen: Ich stellte mir jedoch vor, daß es in der Wohnung noch ein anderes Telefon gab und die Dame an den Apparat ginge. Es klingelte zehn- oder zwölfmal. Ich streckte die Hand aus, um den Hörer zu ergreifen, da hörte es auf; doch es war nur das Intervall zwischen zwei Klingelzeichen gewesen, und als ich den Hörer in der Hand hielt, bereute ich, ihn abgehoben zu haben, eine weibliche Stimme sprach zu mir, und ich brachte nicht über die Lippen, daß ich nicht Ataúlfo war.

«Alles klar, mein Junge. Seine Exzellenz ist einverstanden, und die übrigen Freunde, das weißt du ja, stehen bei Fuß.»

Noch bevor ich etwas sagen konnte, war die Verbindung unterbrochen. Hinten in der Wohnung, die ich für endlos hielt, mit finsteren langen Korridoren wie in dem Stockwerk, in dem sich meine Pension befand, wurde eine Glastür geöffnet und wieder geschlossen, und ich glaubte herannahende Schritte zu hören, was aber vielleicht nur eine Halluzination der Stille und des Hungers war. Voll Bitterkeit dachte ich daran, daß mich alles erschreckte, daß mich jede auch nur ansatzweise schwierige Situation aus der Fassung brachte, daß ich es nicht schaffen würde, mir in Madrid meinen Lebensunterhalt zu verdienen, und daß ich mir, falls ich nicht bald eine Toilette fand, in die Hose machen würde. In diesem Augenblick wurde die Tür des Arbeitszimmers geöffnet, und ich sprang auf und nahm instinktiv eine stramme Haltung an, wie im Salesianerkolleg, wenn der Direktor in unsere Klasse kam. Dieselbe Frau, die mich vor etwa drei Stunden eingelassen hatte, sah mich mit mehr oder weniger demselben Erstaunen an wie beim erstenmal, nur daß sie jetzt anstelle des übergeworfenen Morgenmantels eine Strickweste trug und sich offenbar ein bißchen gekämmt und geschminkt hatte.

«Aber das ist doch der junge Mann mit der Schreibmaschine», ihre Stimme klang jetzt weniger spöttisch und etwas milder. «Du Ärmster, ich dachte, du seist schon gegangen.»

«Ich stand gerade im Begriff», sagte ich, als sei es rücksichtslos, so lange geblieben zu sein. «Don Ataúlfo hat wohl keine Zeit gefunden ...»

«Bei ihm weiß man nie», sagte die Frau achselzuckend und mit einer Geste der Ungewißheit oder Mißbilligung, bei der sich ihr Mund verzog; man sah, daß diese beiden Bewegungen ihr so in Fleisch und Blut übergegangen waren, daß sie sich in ihrer körperlichen Erscheinung niederschlugen: Sie hielt den Kopf stets ein wenig zwischen die Schultern gezogen und den Mund etwas schief, und kaum wahrnehmbare feine Fältchen auf der Oberlippe kündeten von einem Gemütszustand an der Grenze zwischen Bitterkeit und Spott. «Er sagt, er sei Anarchist, aber ich sage ihm, du bist kein Anarchist, du bist nur anarchisch.»

«Nun, macht nichts», ich wollte bloß fort und wußte nicht, wie ich mich korrekt verabschieden sollte: Wenn ich nicht im nächsten Moment die Beine in die Hand nahm und irgendwohin pinkelte, würde ich schreien. «Wenn es Ihnen recht ist, komme ich morgen wieder.»

«Mit der Schreibmaschine?» Ein Hauch von Belustigung spielte wieder um ihre Lippen.

«Die wiegt doch nichts», ich hob sie vom Boden auf und hielt sie ihr hin. «Das ist eine Reiseschreibmaschine.»

Es fehlte nicht viel, und ich hätte den Deckel abgenommen und ihr den Mechanismus erklärt. Damals sprach ich mit jedem, egal mit wem, dem erstbesten konnte ich mein ganzes Leben erzählen, vielleicht weil ich zuviel Zeit verbrachte, ohne mit einem Menschen zu sprechen, und ans Alleinsein absolut nicht gewöhnt war. Manchmal, wenn ich von der Calle San Bernardino bis zum Campus lief, um mir das Fahrgeld für den Bus zu sparen, begann ich unversehens Selbstgespräche zu führen, und erinnerte mich dann an die Worte meiner Mutter, die immer sagt, mit Selbstgesprächen fängt es an, und mit Vollpension in *Los Prados* hört es auf. *Los Prados* war das Irrenhaus, das es früher in unserer Provinz gab. Es wurde bereits vor Jahren geschlossen, doch aus dem Vokabular meiner Mutter ist es noch nicht verschwunden. «Wenn du so weitermachst, endest du noch in *Los Prados*», sagt sie mir heute noch, wenn ich zerstreuter als gewöhnlich bin oder meine Frau ihr von irgendeiner Merkwürdigkeit meinerseits erzählt.

«Ich weiß nicht, Junge, aber siehst du, er kann in fünf Minuten hier eintreffen, aber ebensogut bis morgen fortbleiben.» Die Mimik jenes Gesichts war ausgesprochen beweglich: Von Ironie wechselte es zu Wohlwollen und von Verdruß zu Bitterkeit, wenn auch die Regung, welche sich jetzt vorrangig auf ihm abzeichnete, die mütterlicher Besorgnis war.

«Bitte, Señora», sagte ich tollkühn und verzweifelt, meine prallvolle Blase zwischen den Oberschenkeln zusammenpressend, den Blick starr geradeaus gerichtet, denn wir waren auf den Korridor hinausgetreten, und direkt vor mir sah ich eine Tür, hinter der sich zweifellos eine Toilette verbarg. «Dürfte ich wohl einmal Ihren Waschraum benutzen?»

Der Ausdruck Waschraum war in meinem Dorf nur besonders wohlerzogenen Leuten eigen. Meine Tante, eine Schwester meiner Mutter, benutzte ihn, seit sie einen städtischen Beamten geheiratet hatte. Arme Leute wie wir gingen aufs Klo.

Nachdem ich die Erlaubnis bekommen hatte, rannte ich praktisch die Tür zum Badezimmer ein, und ich glaube, in der unkontrollierten Hast der vorbereitenden Handgriffe gingen mir ein paar Tropfen in die Hose. Das Harnlassen ist ein wenig zelebriertes Vergnügen, aber jeder, der wie ich an den Widrigkeiten der Inkontinenz leidet oder eine Blase hat, die zur

Erkältung neigt, wird mir darin zustimmen, daß es nur wenige Wonnen gibt, die zwar nicht in Dauer und Häufigkeit, wohl aber in ihrer Intensität damit zu vergleichen sind. Ich urinierte mit geschlossenen Augen so lange und so laut wie ein Maultier; ein Vergleich, der zwar etwas grob ist, die Sache aber auf den Punkt trifft. Ich glaubte hinter dem von mir produzierten Schwall das Klingeln des Telefons zu hören. Als ich von Ruhe und Glück durchdrungen aus dem Bad kam, nicht ohne vorher an der Kette gezogen und den Beckenrand mit Klopapier abgewischt zu haben (einer der Ratschläge meiner Mutter vor meiner Abreise nach Madrid), hörte ich die Dame im Arbeitszimmer sprechen, und sogleich wurde mir klar, daß sie über mich sprach.

«Ataúlfo», sagte sie zu mir, nachdem sie aufgelegt hatte und die Schultern zuckte wie jemand, den nichts mehr überraschen kann. «Du sollst schnellstens zu *Lhardy* kommen, mit deiner Schreibmaschine, sie brauchen dich dringend.»

«Ich nehme an, die beste Metrostation ist del Sol», sagte ich verblüfft, aber auch entschlossen, beglückt, einmal demonstrieren zu können, wie vertraut ich mit den illustren Namen und der Topografie Madrids war. In den Schaufenstern von *Lhardy* pflegte ich mir Leckereien anzuschauen, so wie jemand sich im Museum Gemälde anschaut.

«Nichts da mit Metro», die Dame schubste mich fast zur Tür und drückte mir einen blauen Fünfhunderterschein in die Hand. «Wenn der es eilig hat, kann es nicht schnell genug gehen. Hier hast du was fürs Taxi.»

Und so sah ich mich

plötzlich wie ein Fürst, wie ein Reporter im Sondereinsatz auf der Avenida de América auf ein Taxi warten, zum erstenmal in meinem Leben die Hand erheben, um ein Taxi zu rufen, eines jener schwarzen Fünfzehnhunderter mit dem roten Streifen an der Seite, die immer etwas von einem Leichenwagen an sich hatten und deren Motoren so kraftvoll dröhnten wie gepanzerte Beschläge. Mit der Ungeschicklichkeit der Anfänger winkte ich einem Taxi, ohne Eleganz, ohne Autorität, ohne Präzision, einfach auf die erstbeste Art und Weise, und einige freie Taxis fuhren an mir vorbei, ich weiß nicht, ob es daran lag, daß dieser Straßenabschnitt ziemlich trostlos wirkte oder ob sie aus reiner Verzweiflung über meine Unfähigkeit nicht anhielten: Es fehlten nur noch Minuten, bis ich meinen Meister, Ataúlfo Ramiro Retamar, kennenlernte, der wie kein anderer die Taxis rief, mit einer umwerfend effektiven Autorität, der sie von ferne mit dem Stolz eines Toreros herbeiwinkte, aber eines Toreros und Künstlers, ohne Schnickschnack und große Gesten. Ataúlfo trat ganz aufrecht vom Gehweg zwei Schritte auf die Straße hinaus, die

Schultern gestrafft und die linke Hand in der Tasche, die rechte kaum merklich erhoben, genauer gesagt, Zeige- und Mittelfinger der rechten Hand, während ein Taxi in weiter Ferne schon sein grünes Licht ausknipste und ergeben bei ihm anhielt, wie ein unbändiges Tier, das vor seinem Dompteur in die Knie geht.

«Fahren Sie mich bitte zu *Lhardy*.»

Ein Taxifahrer hatte schließlich doch noch geruht, mich zu beachten. Wenn ich jetzt darüber nachdenke, war es gar kein so schlechter Anfang für meine Laufbahn als Taxibenutzer, für die ich mich sogleich wie geschaffen fühlte und die so vielversprechend schien, aber nicht lange anhielt. Es war nicht übel, mit einer Reiseschreibmaschine in der Hand geschwind auf den Rücksitz zu springen und den Taxifahrer anzuweisen, er solle einen zu *Lhardy* fahren, und es war großartig, das nächtliche Madrid durch ein Seitenfenster zu betrachten, im Rausch der Geschwindigkeit und des Verkehrs, und mit der etwas wahnhaften Benommenheit mangelnder Ernährung durch die breiten, erleuchteten Straßen des Salamancaviertels zu fahren. Da ich die Stadt noch nicht so gut kannte, war alles eine einzige Abfolge von Fremdheiten und Erscheinungen, und plötzlich, am Ende der Serrano, sah ich die Puerta de Alcalá, noch wuchtiger in der Nacht, im Licht gelber Scheinwerfer, und dann stürzte das Taxi wie vom Gipfel einer Achterbahn nach Cibeles hinunter und fuhr die Calle de Alcalá wieder hinauf zur Puerta del Sol. Da ich fast nichts aß und immer nur allein war, lebte ich damals in einem fortwährenden Schwebezustand zwischen Wachen und Schlafen, umgeben, vor allem nachts, in der kalt glänzenden Schwärze des nächtlichen Madrid, von der Ahnung eines Traumlichts.

Am Eingang zu *Lhardy* fragte mich ein Typ mit schwarzem Anzug und perlgrauer Krawatte, ohne seine verschränkten Arme herunterzunehmen, wohin ich wolle, wobei er einen schrägen Blick auf meine Schreibmaschine warf, als sei sie ein verdächtiges Objekt. Dann bekam ich meine erste Demonstration der magischen Kraft des Namens Ataúlfo: Ich sprach ihn aus, und der feindselige Wächter wurde augenblicklich zum beflissenen Führer, der mir den Weg wies, mich stets vorangehen ließ, was mich äußerst nervös machte, über breite Treppen, durch dunkel getäfelte und mit dezent bedruckter Seide tapezierte Flure, in denen das Licht der Petroleumlampen schimmerte, hin zu einem privaten Speisezimmer, in dem Ataúlfo mich schon erwartete.

Der Führer oder Zeremonienmeister, der schon einen Grad lakaienhafter Demut erreicht hatte, öffnete mir mit einer Verbeugung die Tür und ließ mich ins Speisezimmer eintreten. Es war klein und voller Menschen, voller Wörter, Lachen, Tabakqualm, Suppendampf und einem Geruch, der meinen Magen noch wehleidiger und die Schwäche meiner Knie schier unbeschreiblich werden ließ, ein sinnlicher Duft, wie es heutzutage im Fernsehen so oft heißt, überraschend ob seiner altgewohnten Vertrautheit, dicht, nahrhaft, warm, der herrliche Geruch von Gekochtem, wie ich es seit zwei Monaten nicht mehr gekostet hatte.

In Wirklichkeit waren gar nicht so viele Menschen in jenem Raum, und auch der Qualm war nicht so dicht. Der Hunger verzerrte nicht nur meine Wahrnehmungen, er hatte auch die rasche Sättigung der Sinne zur Folge, und vielleicht war das der Grund, warum ich mich häufig in einem Zustand der Unwirklichkeit, der Betäubung und Konfusion verlor. Drei sich unterhaltende Personen verursachten das Stimmengewirr einer Menschenmenge, wie in einem Metrowaggon fühlte ich mich mit Schallgeschwindigkeit nach vorn geschleudert. Es waren vier Männer und eine Frau in dem Zimmer, sie saßen um einen weißgedeckten Tisch mit glänzendem Porzellan, Kristall und Silber. Einer der Männer war wie ein *clergyman* gekleidet, trug ein Skapulier oder Medaillon um den Hals, Schweißtropfen standen auf seiner Stirn, und er rauchte eine Zigarre, was mir irgendwie unpassend erschien. Von der Frau habe ich einen voluminösen Haarknoten in Erinnerung, eher gelb als blond, übertriebene, schwarzgeschminkte Wimpern sowie ein Kruzifix von Dalí, sanft bebend auf den sommersprossigen weichen Wogen ihres Ausschnitts. Von dem Mann neben ihr erhaschte ich gerade den Anblick eines mit Essen gefüllten offenen Mundes und einer weißen Serviette unter dem Doppelkinn. Erst als letztes sah ich, da er sich erhoben hatte, um mich zu begrüßen, Ataúlfo. Wie es oft der Fall ist, glich er in nichts meinen Vorstellungen, sah nicht im geringsten ehrwürdig aus und auch nicht wie eine juristische Autorität. Er war groß und breit, wirkte unansehnlich, hatte ein volles Gesicht und um die Hüften einen mächtigen Ring von Bier und Whisky, der seinen Gürtel spannte, er trug eine extravagante, verdrehte Krawatte, unmodern für die Zeit, da mit kleinem Knoten gebunden, einen grauen Anzug mit diskret ausgestellten Hosenbeinen, das schwarze, über die Ohren nach hinten gekämmte Haar im Nacken länger, als man von vorn vermutet hätte. Er trug eine Brille mit schwarzem Gestell, gewagte Koteletten und ein schmales Schnurrbärtchen, wie es zu Beginn der sechziger Jahre üblich gewesen war. In der linken Hand hielt er eine amerikanische Zigarette und ein hohes Glas mit Whisky, und wenn er lachte, verengten sich seine Augen und Lippen zu schrägen Schlitzen. Mit der anderen Hand drückte er kräftig die meine und stellte mich den übrigen vor, als würden wir beide uns bereits kennen.

«Hier darf ich euch meinen wachhabenden Sekretär vorstellen.»

«Wie niedlich», die Frau schenkte mir den unausweichlichen Blick mütterlichen Mitgefühls. «Aber er ist ja fast noch ein Kind.»

«Nun, dann wollen wir mal sehen, was er kann, damit wir hier fertig werden und uns den Erbsen zuwenden können, bevor sie kalt werden», sagte der Geistliche. Er sah mir ganz wie ein Hochstapler aus, wie ein als Priester verkleideter Betrüger, ein Schmierenkomödiant in einem schlechten Film, mit weißbestäubten Schläfen.

«Den nächsten Gang, den nächsten Gang», unterbrach der Dicke mit dem offenen Mund, den er jetzt mit Brot gefüllt hatte. «Ataúlfo kann dem Schreiber in der Zwischenzeit diktieren.»

«Schreiber, ein ungewöhnliches Wort», sagte die Frau, wobei sie mich immer noch anlächelte. Als sie sich nach vorn beugte, gewährte ihr Ausschnitt einen tiefen Einblick, und es gab keine Möglichkeit, den Blick abzuwenden oder so zu tun, als schaue man woandershin. «Ist das nicht antiquiert?»

«So antiquiert wie vornehm», bestätigte der Dicke mit unterdrücktem Lachen.

Auf Anweisung von Ataúlfo brachte ein Kellner einen etwas kleineren Tisch und sogar einen Stoß Papier sowie einige Kohleblätter. Danach begannen zwei andere die Gerichte aufzutragen, und während ich die übrigen essen und trinken hörte, diktierte Ataúlfo mir endlose juristische Phrasen voller Subordinationen, Gerundien, Klauseln und in Anbetrachts, die jedem, der versucht hätte, sie laut zu lesen, weit über die Lungenkraft gegangen wären. Ataúlfo diktierte mir im Gehen, den Tisch umkreisend, in der linken Hand jetzt neben der Zigarette nicht mehr ein Whiskyglas, sondern ein Glas Rotwein. Er diktierte Gerundien und Hektare und Namen von Landgütern und Ziffern von Geldsummen, so barock wie seine grammatikalischen Konstruktionen, und ab und zu unterbrach er sich, um ein zerknittertes Papier zu konsultieren, das er aus seiner Tasche zog, oder um Zustimmung von einem der Speisenden zu heischen, um sich die nächste Zigarette anzuzünden oder sein Glas zu füllen. Nach einer Weile war ich von den Zahlen und den syntaktischen Verwindungen so benommen und roch die Speisen so nah und so unerreichbar, daß sich gegen jede Gewohnheit meine Finger über der Maschine verhedderten und ich beim Schreiben auf die Tasten sehen mußte. Jedesmal, wenn sich einer von ihnen etwas von dem Eintopf aufgab, vernahm ich das sanfte, weiche Geräusch der auf den Teller plumpsenden Erbsen ...

«Und zur Bestätigung des vorgenannten Schreibens», sagte Ataúlfo mit erhobener Stimme, triumphierend, und als ich zu ihm aufschaute, sah ich ihn eine Gebärde machen, wie ein Orchesterdirigent, der die letzten Takte einer Symphonie hinaustreibt, «lesen und zeichnen in Madrid am sechzehnten Februar neunzehnhundertvierundsiebzig.»

«Nach Christus», sagte der Dicke und verschluckte sich vor Lachen.

Ich zog die letzten Seiten aus der Maschine, nahm vorsichtig das Kohlepapier dazwischen heraus, darauf bedacht, keine schwarzen Flecke auf dem

Papier zu hinterlassen. Ich ordnete die vier Durchschläge, und Ataúlfo überflog sie und gab sie dann an die anderen weiter. «Sehr schön geschrieben», sagte die Dame, «und so sauber.» Der Geistliche, der einen Ring mit rotem Stein trug, pulte mit einem Zahnstocher zwischen seinen Zähnen herum. Als er damit fertig war und während er die Durchschrift des Dokuments las, lutschte er genußvoll an dem Hölzchen, als genehmige er sich ein leckeres Dessert. Mitten auf dem Tisch stand eine silberne Schüssel, noch immer gefüllt mit einer gewaltigen Menge von Zusammengekochtem, so ergiebig wie die Syntax von Ataúlfo, mit großen Wurststücken, dunklem Rindfleisch, Hühnerbrüsten, muskulösen, goldgelben Hähnchenkeulen, saftigen Speckstreifen, alles schimmernd unter dem verschwenderischen Licht des Speisezimmers, so daß es wie ein Stilleben wirkte oder wie eines dieser Gerichte, die man jetzt auf farbigen Hochglanzfotos in den Gastronomiezeitschriften sieht. Seit dem traurigen Pastetenbrötchen meines Mittagessens waren sieben Stunden vergangen.

Während die anderen unterzeichneten, blieb ich wie ein Kellner stehen. Ließ ich meine Augen eine Sekunde lang zufallen, merkte ich, daß ich vornüberfiel, und wenn ich sie wieder aufschlug, war ich nicht sicher, ob das, was ich sah, Traum oder Wirklichkeit war. Sie unterschrieben, schenkten sich Wein nach und stießen lärmend mit ihren Gläsern an, jemand klatschte in die Hände, und mehrere Kellner kamen mit Servierwagen voll Nachtisch, Cognac- und Brandyflaschen und Eiswürfelkübeln herein. Die Kellner stießen mich im Vorbeigehen mit den Ellenbogen zur Seite und ließen genau auf der Höhe meines Gesichts die Tabletts mit den Speisen davonschweben. Da sah mich Ataúlfo, der sich seit der Unterzeichnung der Dokumente auffällig abseits von den übrigen gehalten hatte, an und fragte mit leiser Stimme:

«Hör mal, hast du zu Abend gegessen?»

«Vorhin ein bißchen, ja.»

«Das heißt, dein Magen ist leer.»

«Nun, ja, Señor.»

Ich glaube, er hatte mich ein wenig wanken und erbleichen sehen, und obwohl mir bewußt war, daß es nicht von guter Erziehung zeugte, mich umstandslos von ein paar unbekannten Menschen zum Abendessen einladen zu lassen, waren meine moralischen Kräfte aufgezehrt, und ich mochte nicht daran denken, was mein Vater sagen würde, wenn er mich einige Minuten später gesehen hätte, als ein Kellner ein neues Gedeck brachte und mir zunächst eine Suppe servierte, die ich in Sekundenschnelle hinunterschlang, ohne ein einziges Mal den Kopf zu heben und vermutlich einiges an Geräusch verursachend, und danach einen Teller Kichererbsen, die einer mich irritierenden Sitte gemäß mit der Gabel gegessen wurden, statt mit dem Löffel wie bei uns im Dorf. Ataúlfo selbst schenkte mir Wein in ein Kristallglas mit Verzierungen wie von Stickereien, einen Rotwein so funkelnd wie Kohlenglut oder wie ein Edelstein und von einem Geschmack, den ich damals noch nicht zu würdigen wußte, denn ich trank den Wein mit derselben mechanischen Hast, mit der ich auch die Suppe hinuntergeschlungen hatte, und als nächstes, nachdem ich mir flüchtig mit der Serviette den Mund abgewischt hatte, machte ich mich erneut über das Hauptgericht her, über die leckersten und zartesten Erbsen, die ich je probiert hatte, über das köstliche Rindfleisch, das Hühnchen, die Wurst und den Speck. Das Weinglas stand schon wieder gefüllt vor mir: Als ich die Hand nach ihm ausstreckte, bemerkte ich, daß alle um mich her aufgehört hatten zu sprechen und mich anschauten, und zutiefst beschämt senkte ich meinen Blick auf den Teller und sah, daß nicht der geringste Rest Essen mehr auf ihm war.

«Wenn ihm das nur bekommt, so ein Eintopf liegt abends schwer im Magen», sagte der Geistliche, der wieder eine Zigarre rauchte und die Rundungen eines riesigen Cognacschwenkers liebkoste. «Von einem mächtigen Abendessen ...»

«Welch eine Art zu essen», sagte der Dicke und verkniff sich ein Lachen; er schien stets im Begriff, in lautes Gelächter auszubrechen. «Das kann doch nicht wahr sein, Ataúlfo, du als ausgemachter Roter, und dein Schreiber ist am Verhungern.»

«Rote oder Weiße», der Geistliche stieß den Rauch seiner Zigarre aus, «auf jeden Fall Spanier.»

«Laßt ihn nur essen, in diesem Alter müssen sie sich noch entwickeln», die Dame war fest auf meiner Seite: Ich nahm jetzt einen leichten südamerikanischen Akzent in ihrer Stimme wahr. «Magst du nicht noch ein Dessertchen?»

Ich verneinte, aber sie drängten mich, und ich konnte nicht widerstehen, obwohl mein Magen schon überdehnt war und ich wieder einen unbändigen Drang zu urinieren verspürte, und nach einer Schokoladentorte und angebackener Buttercreme trank ich noch einen Kaffee, und nach dem Kaffee bestand der *clergyman* darauf, daß man mir ein Glas Cognac kredenzte, und dann nahm ich noch, ich weiß nicht von wem, eine kurze, dicke Zigarre an, bei der mir vollends übel wurde, da ich ans Rauchen nicht gewöhnt war und die Male, die ich es in meinem Dorf getan hatte, es hauptsächlich darum gegangen war, nicht weibisch zu wirken oder vor meinem Freund Ramonazo nicht als charakterschwach dazustehen. Wir feierten etwas, von dem ich nicht wußte, was es war; etwas, wie ich folgerte, das dem Geistlichen, dem Dicken und der Frau mit dem Dekolleté viel Geld einbrachte, und Ataúlfo war der Vermittler oder Berater bei diesem Geschäft gewesen, von dem am Ende auch ich in meiner Bedürftigkeit profitierte.

Während ich von meiner Torte aß oder versuchte, die Zigarre nicht ausgehen zu lassen, blickte ich hin und wieder verstohlen zu Ataúlfo hinüber, und er beobachtete mich, ein wenig geistesabwesend zwar, ohne sich an den Auslassungen der anderen zu beteiligen oder auf die Scherze über seine Weltanschauung einzugehen, leicht schwitzend, mit einer Haarsträhne in der Stirn, mit gespreizten Beinen an einer Ecke des Tisches sitzend, das hohe Whiskyglas und die Zigarette hellen Tabaks immer in derselben Hand, der linken. So habe ich ihn die ganzen Jahre über in Erinnerung behalten, in der unabänderlichen Haltung von damals, die er auch am Ende seines Lebens nicht aufgab, als ihm Tabak und Alkohol verboten wurden, ohne daß er sich daran hielt, wohl ahnend, daß seiner ruinierten Gesundheit nicht mehr zu helfen war: die geschmuggelte amerikanische Zigarette zwischen Zeige- und Mittelfinger, das Glas mit Ringfinger, kleinem Finger und Daumen haltend und die rechte Hand frei fürs Gestikulieren, fürs Schulterklopfen, für die dialektischen Schläge mit der flachen Hand auf Bartresen, die schnelle Bewegung einer Scheckunterschrift, um ein Taxi heranzuwinken oder einen Tausenderschein aus der Hosentasche zu ziehen, denn er trug weder Brieftasche noch Geldbeutel.

Kurz zuvor hatte ich mich vor Hunger kaum auf den Beinen halten können: Jetzt, als alle aufstanden, konnte ich mich vor Übersättigung und Müdigkeit kaum aufrecht halten. Der Dicke verabschiedete sich von mir, indem er mir energisch die Hand schüttelte und etwas von den Kämpfen und den Hoffnungen der Jugend sagte, die, so seine Worte, der schönste Abschnitt des Lebens sei. Der Geistliche begegnete mir trotz seines geröteten Gesichts mit einer kirchenhierarchischen Kälte und sah mich wie von tief aus dem Innern seiner Augen an. Die Frau hingegen, deren Dekolleté jetzt noch opulenter und noch weißer aus einem Pelzmantel hervorquoll, zwickte mir in die Wange, sagte wieder, ich sei ja noch ein Kind, und küßte mich auf den Mund, wobei sie eine Spur cremigen Karmins hinterließ und das flüchtige Frösteln ihrer Zunge. Ein Kellner kam und verkündete, das Auto der Herrschaften warte unten. Als man die Schritte der anderen schon auf dem Flur vernahm, drehte sich die Frau zu Ataúlfo um und sagte etwas zu ihm, das ich nicht hören konnte, aber ich sah, daß sie ihm kurz die Hand drückte. Einen Moment blieb Ataúlfo an der Schwingtür stehen, doch sogleich fiel seine Selbstvergessenheit wieder von ihm ab, und er bestellte bei einem der Kellner, die den Tisch abräumten, einen Whisky. Bevor er ging, rief er ihm nach:

«Ah, und noch einen für den Jungen.»

«Einen gewöhnlichen?» fragte der Kellner, mit einem schnellen Seitenblick mein gesellschaftliches Profil taxierend.

«Einen Malzwhisky, wie für mich auch.»

So lernte ich in jener Nacht nicht nur das bewegende Gefühl einer Fahrt im Taxi, das Essen bei *Lhardy*, die Nähe der Reichen, den Wein von Rioja,

Rey-del-Mundo-Zigarren und französischen Cognac kennen: Ich probierte auch zum erstenmal Malzwhisky, der mir noch heute so viele Gelegenheiten einer rundherum wohlgeordneten Glückseligkeit im Leben verschafft, obwohl ich mir den Kauf einer Flasche nur selten leisten kann.

Wir waren nun allein, Ataúlfo und ich, jeder auf einer Seite des riesigen Tisches, er die Wissenschaft des Rauchens und Trinkens mit einer Hand betreibend, ich darüber vergessend, daß man Whisky nicht in so großen Schlucken trinkt wie Bier, vorgebend, gern zu rauchen, weil ich ihn durch die Ablehnung einer Zigarette nicht kränken wollte, eingeschüchtert durch seine Gegenwart, sogar durch die der Kellner, durch die edlen Hölzer und englischen Stiche an den Wänden, längst vollkommen abgedriftet ins absolut Unwirkliche, geschwätzig und betrunken. Und ich erzählte ihm von meinen Plänen, Journalist zu werden, jedoch nicht von der finsteren Not meines Alltags in Madrid. Mir fiel der Fünfhunderterschein wieder ein, den seine Frau mir gegeben hatte, er wollte jedoch das Wechselgeld nicht, bat mich vielmehr, ihm zu sagen, was er mir schulde. Bevor ich eine Antwort geben konnte, hatte er ein Bündel Geldscheine aus der Tasche gezogen und legte mir einen über tausend Peseten hin: Das Pensionszimmer kostete mich tausendsechshundert im Monat und fünfzig ein Essen mit zwei Gängen und Nachtisch in einem billigen Restaurant, so daß ich mit diesen tausend Peseten und dem Wechselgeld vom Taxi in kurzer Zeit soviel verdient hatte, daß ich mindestens zwei Wochen davon leben konnte.

Wir gingen auf die Straße hinaus, und die eisige Nachtluft gab mir eine gewisse Klarheit zurück, wenn auch nicht soviel, daß ich die Glockenschläge von der Puerta del Sol zählen konnte, um herauszufinden, wie spät es war. Ich sagte zu Ataúlfo, ich ginge in meine Pension zurück, und wenn er mich benötige, brauche er mich nur anzurufen, aber ich sagte es so leise, daß er mich nicht hörte, und als ich es lauter und deutlicher wiederholen wollte, sah ich, daß er die rechte Hand hob und fast im selben Moment ein Taxi vor uns am Bordstein hielt. Ataúlfo öffnete die hintere Tür und forderte mich auf, vor ihm einzusteigen.

«Du und ich, wir werden jetzt einen auf das Wohl dieser Scheißkerle trinken, die uns das Abendessen bezahlt haben und mir ein schlechtes Gewissen damit machen, daß sie mich so viel Geld verdienen lassen. Ich habe gesprochen.»

Er ließ sich an meiner Seite ins Taxi fallen, knallte die Tür zu und wischte sich hastig über Hosenbeine und Hemdbrust, weil ihm die Asche von der Zigarette gefallen war und ein besorgniserregender Geruch von verbranntem Tuch sich auszubreiten begann.

in Madrider Bezirke, in denen ich noch nie gewesen war oder die in der Nacht nicht wiederzuerkennen waren, durch die halb unterweltliche Geographie der Nachtbars oder der Vorstadttavernen, wo hemdsärmelige Kellner Ataúlfo mit einem «Salud» begrüßten und sich mit ihm in Hinterzimmer oder Kellerräume zurückzogen, zu denen ich nicht immer Zutritt hatte, genau wie andere Male, wenn er mit einem Mädchen hinter dem Vorhang eines Clubs verschwand und ich an der Bar sitzen blieb, einen Whisky vor mir und den Rhythmus der Musik mit den Fingern auf einen Skaibezug trommelnd, auf den die Damen ihre Ellenbogen aufstützten, wenn sie zu mir kamen und um Feuer baten oder mir eine Zigarette anboten. Frauen mit langen, weit ausgestellten Hosenanzügen, tiefen Dekolletés und nackten Schultern, mit hohen, steifen Frisuren oder wildkatzenartigen Mähnen, die ihnen über die Schultern fielen und deren künstliche Farben im trüben Licht der Clubs phosphoreszierten. Ich hatte gewöhnlich meine Schreibmaschine dabei oder ein Buch unter dem Arm, und sobald ich nur hinter Ataúlfo aus dem Taxi stieg und die verschlossene Tür sah, die Leuchtschrift mit dem flackernden Namen des Lokals, bekam ich schon Herzklopfen vor Schrecken und Verlangen, vor Schrecken hauptsächlich, einer absoluten Angst vor dem Unbekannten, aber auch vor einer Hingezogenheit, die stärker war, als ich je hätte eingestehen können, und die noch sehr viel stärker wurde, wenn Ataúlfo auf die Klingel drückte, man ein Schaben am Guckloch vernahm, bevor die Tür geöffnet wurde und der warme Hauch des synthetischen Plüschs, der Raumsprays und Parfüms auf uns eindrang, jener einzigartige Geruch der damaligen Nachtclubs, von dem ich nicht weiß, ob er heute noch derselbe ist, denn seit zwanzig Jahren habe ich keinen mehr betreten. Nach den ersten Besuchen in Ataúlfos bevorzugten Clubs schauten die Mädchen, die mir anfangs noch erotische Angebote machten, brav an mir vorbei und beschränkten sich auf züchtige Unterhaltungen mit mir, meistens über die Bücher, die ich bei mir trug und die auch nicht viel hergaben, wenn eine von ihnen einmal Interesse am Lesen bekundete, denn oft genug kam es vor, daß man mich nach dem Titel fragte und ich mit dem verzweifelten Widerwillen der Schüchternen antwortete: «Materialismus und Empiriokritizismus» oder «Schriften zur Ökonomie und Philosophie».

Trat aber Ataúlfo ein, warfen sie sich ihm an den Hals, kraulten sein langes Nackenhaar, boten ihm Whisky an und fragten ihn, wenn sie ihn brachten, ob mit Wasser, und er antwortete darauf stets und erzielte auch stets den gleichen Lacher damit:

«Wasser? Um Himmels willen, ich will mich doch jetzt nicht waschen.»

Nach dem letzten Glas im letzten Club – gewöhnlich endeten wir in einem, der *Azur* hieß – war er meistens sehr still, ging mit langsamen Schritten über den Gehweg bis zur Straßenecke, an der er ein Taxi rief, die Krawatte verdreht und die Haarsträhne in der Stirn, die Zigarette im Mund und die Schlüssel zu seiner Wohnung melancholisch klimpernd in einer Tasche. Eine Weile schien es dann, als sehe er mich nicht, als habe er vergessen, daß ich bei ihm war. Aber wenn er nicht zu betrunken war, wurde er im Taxi wieder lebendig: Ich erinnere mich an seine anarchistischen Schmähreden, an seine absolute Unvernunft, denn jedermann wußte, daß die meisten Taxifahrer als Spitzel für die Polizei arbeiteten, seine glänzenden, überbordenden Ausführungen über die jeder Staatsorganisation innewohnende Verkommenheit, wegen der er den Kommunismus ebenso heftig verabscheute wie den Franquismus, vielleicht sogar noch ein bißchen mehr. Wie viele Anarchisten war er von einer besorgniserregenden ideologischen Verantwortungslosigkeit, die ihn dazu führte, Lobreden auf die sozialen Ideen des ehemaligen Diktators Antonio Primo de Rivera zu halten oder auf die Annäherung Angel Pestañas an die Falange, die ihm zufolge bei Ausbruch des Krieges begonnen hatte, nach welchem sein Vater, der Bündnisvorsitzender in Madrid und ein Freund von Buenaventura Durruti gewesen war, viele Jahre im Gefängnis verbracht hatte. Wenn man ihm zuhörte, konnte man den Eindruck gewinnen, die Kommunisten trügen eine größere Schuld am verlorenen Krieg als Franco, und ich, der ich ein zaghafter und eher eingebildeter Marxist war, gleichwohl unerbittlich, strenggläubig sozusagen, versuchte gegen Ataúlfo zu argumentieren, was jedoch unmöglich war, nicht nur, weil er weit mehr Erfahrung und dialektische Gewandtheit besaß als ich, sondern weil er gegen jede Form von Logik gefeit war, und das nicht nur in seinen politischen Überzeugungen, oder antipolitischen, wie er sagte, sondern ebenso in seinem Privatleben, und auch weil seine juristische Wortgewalt unerschöpflich war und es ihm gestattete, in jeder Situation und über jedes Thema mit der gleichen Lebhaftigkeit zu referieren, sei es über die Gefahr einer von kommunistischen Pädagogen diktierten weltweiten Alphabetisierung oder über die Zweckmäßigkeit der Entsendung bemannter Raumschiffe zum Mars.

Als Chef war er wundervoll, aber auch unberechenbar, er konnte wochenlang vergessen, mich zu bezahlen, oder aus seiner Wohnung und aus Madrid spurlos verschwinden. Aber so unerwartet, wie er verschwand, tauchte er wieder auf und schickte mir eine Nachricht in die Pension, daß ich dringendst gebraucht werde, und ich mußte dann mit meiner Schreibmaschine zum nächsten Taxi hasten und in die Avenida de América fahren oder zu irgendeinem der ungewöhnlichen Orte, an denen er sich mit seinen Klienten zu treffen pflegte, was sowohl ein chinesisches Restaurant in der Calle Embajadores sein konnte als auch die bedrückend düstere Bibliothek eines gespenstischen Greises, der ganz allein in einer riesigen Wohnung in der Calle Serrano wohnte. Ich war immer pünktlich zur Stelle, doch er kam manchmal mit großer Verspätung, oder er kam überhaupt nicht und brachte mich dadurch in schwierige oder schlicht katastrophale Situationen: Eines Abends im März zitierte er mich auf halb sieben zu einer Villa in der Arturo Soria, und als ich nach mehr als halbstündiger Fahrt dort ankam, bat ich den Taxifahrer, da ich kein Geld dabeihatte, einen Augenblick zu warten. Ich klingelte, und obwohl man drinnen einen Hund bellen und an der Tür kratzen hörte, öffnete niemand, Ataúlfo ließ sich nirgends sehen, und der Taxifahrer, der wohl glaubte, ich versuche ihn um den Fahrpreis zu prellen, stieg aus seinem Wagen und begann mich zu beschimpfen, daß es mir die Schamröte ins Gesicht trieb, wandelte sich von Minute zu Minute und mit jedem Schimpfwort, das er aussprach, mehr zu einem dieser brutalen Typen, die es damals überreichlich gab, dieser rohen, faschistischen Kerle, vor Hochmut und rasender Wut geifernden Spanier, die bei der geringsten Widrigkeit sogleich vor aller Augen mit dem Ausweis der Falange oder einer Pistole herumfuchtelten. Er wollte meinen Ausweis sehen, sagte, er sei mit einem berühmt-berüchtigten Polizisten befreundet, der Billy the Kid genannt wurde, und machte Anstalten, mir meine Schreibmaschine zu entreißen. Mit einem Kloß im Hals und mit zitternden Beinen, weil ich es noch nie ertragen konnte, gewalttätig angegangen zu werden, rannte ich blindlings davon und hatte das Glück, eine schmale Gasse zu finden, die so eng war, daß das Taxi mir nicht folgen konnte. Ich verbarg mich auf einem verlassenen Grundstück in einem Gartenhäuschen, hielt meine Schreibmaschine fest umklammert und wagte mich erst nach einer knappen halben Stunde wieder heraus, als es zu regnen begann und ich die ersten Tropfen auf das Uralitdach klatschen hörte. In der Villa, zu der Ataúlfo mich zitiert hatte, war noch immer kein Mensch, und der Hund auf der anderen Seite der Tür kratzte und bellte noch wütender, als er die Klingel hörte. Ich hatte nicht einmal Geld für die Metro: Es war nach zehn, als ich durchnäßt und hungrig in der Pension ankam, mit schmerzenden Füßen nach einem langen Marsch aus dem weit entfernten Madrider Norden, aber mit meiner Schreibmaschine, die trotz des Regens in perfektem Zustand war. Als ich ihm ein paar Tage später in seiner Wohnung erzählte, was mir zugestoßen war, fabulierte Ataúlfo sich rasch eine Entschuldigung zurecht, doch man merkte deutlich, daß sie erfunden war und er die Verabredung in der Villa der Arturo Soria vermutlich nur vergessen hatte, so daß er schließlich, mehr aus Trägheit als aus Aufrichtigkeit, aufgab:

«Sieh mal, Junge, was soll ich dir sagen, das Leben ist keine exakte Wissenschaft wie die Mathematik.»

In dieser Phase des Semesters ließ ich mich in der Fakultät kaum noch blicken: Meine einzige Verbindung zur Welt, zu jenem erschreckenden und erregenden Konzentrat von Welt, das Madrid für mich darstellte, hielt ich durch Ataúlfo aufrecht, der mir Breiten und Tiefen der Stadt zeigte, die ich ohne ihn niemals kennengelernt hätte, und wenn ich morgens, spätmorgens, einmal in eine Vorlesung ging, in eine jener absurden Vorträge über Informationstheorie oder Elemente der Kommunikationswissenschaft, legte sich auf mein bisheriges Gefühl von Marginalität, von Erbärmlichkeit unter all den Kindern aus gutem Hause, die eifrig mitschrieben und mit einem Buch von Umberto Eco oder Roland Barthes unter dem Arm herumliefen, ein Hauch von Überlegenheit, von heimlicher Großspurigkeit beinah: Durch Ataúlfo lernte ich die roheste, geheimste Wirklichkeit kennen, diese von Ideologien und Literaturen entzerrte Wirklichkeit, die die Literaten so fasziniert, und das Leben in den Hörsälen und der Cafeteria der Fakultät, das mir bisher auf schmerzliche Weise unerreichbar schien, war jetzt unwesentlich und kindisch, und die Versammlungen, auf denen ich mich nie zu einer Wortmeldung vorgetraut hatte, und das Davonlaufen vor den Pferden der Polizisten, das mir weltbewegend vorgekommen war, zeigten mir jetzt immer mehr ihre armselige Ohnmacht, ihre wahre Natur als zufällige Scharmützel, die von der albernen, automatischen Begeisterung einer klandestinen

Presse und einer für die Diktatur vollkommen harmlosen großmäuligen Minderheit zu revolutionären Aufständen erhoben wurden, was ebenso lächerlich war wie die Diskussionen mit meinem Freund Ramonazo, bei denen es darum ging, ob Spanien sich nach der Revolution Volksrepublik nennen solle, wie er es sich wünschte, oder Demokratische Republik, was mir besser gefiel, da ich aus irgendeinem vollkommen der Phantasie entsprungenen Grund den Ernst des deutschen Kommunismus der transozeanischen Einhelligkeit chinesischer Soldaten vorzog, die das *Rote Buch* Maos schwangen, welches mich, als ich es nicht ohne den Schauder des Verbotenen zum erstenmal in der Hand hielt, wegen seines Formats, der Farbe des Einbands, des dünnen Bibelpapiers und der naiven Feierlichkeit seiner Aphorismen an das in jener Zeit so berühmte Werk *Der Weg* von Monseñor Escrivá de Balaguer erinnerte, obwohl ich mich hütete, dies Ramón gegenüber zu erwähnen.

Ich erinnere mich noch an die einschnürende Angst vor den Polizeijeeps, die im Universitätsviertel patrouillierten, den Rotoren eines Hubschraubers, der über den Bäumen und den rötlichen Backsteingebäuden kreiste, den Hufen und dem Wiehern der großen, vor der Tür der Fakultät aufgereihten Pferde an einem Morgen, als wir uns nach einer Vollversammlung unter Atemnot in der Eingangshalle drängten und in einem Demonstrationszug zum Rektorat ziehen wollten. Es war, gerade ist es mir wieder eingefallen, der Tag, an dem bekannt wurde, daß der katalanische Anarchist Salvador Puig hingerichtet worden war, zusammen mit einem nicht näher definierten ungarischen oder polnischen Verbrecher namens Heinz Chez. Ich war aufgestanden und ohne zu frühstücken hinuntergegangen, um mir die Zeitung zu kaufen, und da stand die Meldung, ohne Überschrift, in einer Ecke unten auf der ersten Seite, die finstere amtliche Mitteilung, daß die vom Gericht ausgesprochenen Todesstrafen vollzogen worden waren, eine in Madrid oder ganz in der Nähe, in Campamento oder in Hoyo de Manzanares, wo Puig Antich erschossen worden war, und eine in Barcelona, durch die Garrotte, wie zu Zeiten Ferdinands VII.

Es war das Jahr 1974, wie gesagt, gestern gewissermaßen, vor zwanzig Jahren, es gab noch Nachtwächter in Madrid, Henker wie in alten Zeiten und Erschießungskommandos, und man stellte sich Franco vor, den Zwerg aus dem Pardo, wie er in Radio Pirenaica genannt wurde, wie er mit der zitternden Pergamenthand eines ablebenden Greises das Todesurteil unterschrieb und danach die hl. Messe besuchte und zur Kommunion ging. Mein Blut kochte, ich ging die Calle Princesa in Richtung Moncloa hinauf, und vor Wut, vor Verzweiflung, vor erbittertem, rasendem Aufbegehren, vor reiner Verdrossenheit traten mir die Tränen in die Augen, doch dann schaute ich von der Zeitung auf, in der die beiden

Morde nicht mehr als ein kleines Rechteck beanspruchten, und schaute mich um, und kein Mensch schien irgendwie bekümmert, die Läden und Büros waren geöffnet, an den Metroeingängen drängten sich die Menschen, Kräne und Bagger und Maurer mit glänzenden Plastikhelmen mühten sich auf einer riesigen Baustelle mit den Fundamenten und ersten Stahlverstärkungen einer neuen Niederlassung des Kaufhauses Corte Inglés, die Studenten standen Schlange an den Haltestellen der blauen Busse, die sie ins Universitätsviertel brachten, brav wie die Lämmer, dachte ich und haßte sie, von Ignoranz, Konsumdenken und Fernsehen verblödet, von der Gewohnheit des Gehorsams abgestumpft, aus der Ferne ziemlich unbekümmert überwacht von den Polizeijeeps, die an diesem Morgen etwas demonstrativer umherfuhren, aber auch nicht viel, als wollten die Uniformierten eventuellen Unruhen von vornherein jegliche Bedeutung nehmen.

Die Vollversammlung hatte mit Mehrheitsbeschluß für eine Demonstration gestimmt, der berittenen Polizei zum Trotz. Die dünne Luft von Furcht und gedrängter Menschenmenge breitete sich aus, die Ahnung von unmittelbar bevorstehendem Verhängnis, zumindest in einigen von uns, in einem einzigen, mir, der ich hin und her gerissen war zwischen dem Haß auf die Diktatur und dem Entsetzen davor, verprügelt oder verhaftet zu werden, der ich mich im voraus schon hilflos mitgerissen fühlte vom Sog jener

Menge, in der ich gefangen war, die wie etwas Organisches wogte und sich ausdehnte, gegen die Betonwände der Fakultät und gegen die Glastüren drückte, die unter der kollektiven, blinden Kraft der nächsten Woge vielleicht nachgeben und zersplittern würden. Ich erinnere mich an ein graues, ein wintergraues Madrid, die Granitfassaden der Gebäude verschmutzt vom noch dunkleren Grau der Auspuffgase, das Grau von Polizeiuniformen, Jeeps und Autobussen, von den Helmen und Regenumhängen der Polizisten, die wir die Grauen nannten.

Die Glastüren schwangen auf, und die Menge in der Eingangshalle wich zurück. Um mich herum sah ich zumeist männliche Gesichter, dunkelgekleidete Gestalten in Mänteln und Dufflecoats und Hosen aus Cord, mit langen Haaren und Bärten. Über die Köpfe hinweg erkannte ich weit hinten die hohe, muskelspielende Linie der Pferde und über ihren von schwarzen Lederzügeln hochgezwungenen, knochig brutalen Köpfen die identisch aussehenden, unbeweglichen Gesichter der Polizisten, geschützt von den harten Plastikvisieren ihrer Helme, die Kinnladen von schwarzen Sturmriemen umschnürt, vom selben Schwarz wie die Stiefel und die langen Stöcke, mit denen sie wenig später von der schreckenerregenden Höhe ihrer Pferde auf uns einprügelten.

Die Türen öffneten sich und lösten in der mit einemmal verstummten Menge eine zurückweichende Wellenbewegung aus. Neben mir sagte jemand: «Wenn wir herauskommen, wollen sie angreifen.» Ein Teil von mir, unerbittlich in meinem Magen angesiedelt, in der Übelkeit, die das Gedränge und die Furcht in mir hervorriefen, wollte fortlaufen, sich mit Ellenbogen einen Weg bahnen und sich in einem leeren Hörsaal oder einer Toilette verstecken, die Augen schließen und sich die Ohren zuhalten, nichts mehr wissen von Pferden und von dem systematischen Lärm des Hubschraubers, der sehr niedrig über dem Fakultätsgebäude kreiste, so niedrig, daß wir von drinnen sahen, wie er die Baumkronen peitschte. Ich habe gesagt, daß meine Angst im Magen angesiedelt war, aber ich spürte sie auch in meiner Blase, in einem rasenden Bedürfnis zu urinieren, und vielleicht stand mir deshalb so deutlich das Refugium einer Toilette vor Augen. Doch es gab auch einen anderen Teil, der unbeständigste, so glaube ich heute, der in Wirklichkeit am wenigsten zu mir gehörende, der darauf drängte, hinauszustürmen und sich mit den Uniformierten anzulegen, seine heisere Stimme mit denen der anderen zu vereinen, die jetzt rhythmische Parolen skandierten, immer schneller, je näher der Augenblick des Hinaustretens rückte, je heftiger die Berittenen an den Zügeln zerrten, daß die Pferde sich aufbäumten, und je näher man die Rotoren des Helikopters hörte:

Polizei raus aus der Uni
Polizei raus aus der Uni
Polizei raus aus der Uni

Ich schrie mit, obwohl es mich aus einem unüberwindlichen Gefühl der Lächerlichkeit heraus immer beschämt hat, im Kollektiv zu agieren, ich schrie immer schneller, hinausgedrückt von der Flut der Menschen, vor deren Ansturm die Glastüren der Fakultät vibrierten und schließlich in einem Regen von spitzen Glassplittern zu Bruch gingen, ich schrie nicht nur, sondern schüttelte auch die erhobene, zur Faust geballte Rechte, hörte den hysterischen Pfiff des befehlshabenden Offiziers, das Wiehern der Pferde, die sich vor einer Sekunde noch vor mir aufgebäumt hatten wie eine von geiferndem Schaum gekrönte Wasserwand und nun hinter uns her galoppierten, uns plötzlich jedoch nicht mehr folgen konnten, ich erinnere mich jetzt, weil eine Lohe von Normalität in jenes Chaos einschlug, denn wir waren in einer kompakten Masse über die Avenida Complutense gestürmt, während die Fußgängerampel Grün zeigte, und als die Berittenen sich auf die Straße stürzen wollten, hatte die Ampel auf Rot gewechselt, und der Verkehr hinderte sie daran, uns zu folgen ...

Wir nutzten diesen sekundenlangen Vorteil, um uns auf der anderen Straßenseite zu sammeln, neben einem Übergang, über den man zur Pharmakologischen Fakultät gelangte, und einige von uns (darunter ich, so unglaublich es klingt) hoben im Lauf Steine auf und schleuderten sie gegen die Reiter, die nach dem Umspringen der Ampel nun die Straße überquerten. Der Hubschrauber kreiste immer niedriger, dröhnte uns in den Ohren und hüllte uns in wirbelnde Windfetzen, ich sah die Leute um mich her gebückt weiterlaufen, als kämpften sie gegen den Wind, viele hatten ihre Mantelkrägen hochgeschlagen oder die Kapuzen ihrer Dufflecoats über die Köpfe gezogen: «Bedeckt eure Gesichter, sie fotografieren vom Hubschrauber aus!» schrie ein Bärtiger in meiner Nähe, der eine Aktentasche über sich hielt und mit der anderen Hand zielsicher Steine gegen die Polizeipferde schleuderte.

Wir rannten unter Bäumen, ich weiß nicht wohin, stolperten übereinander und hörten jetzt vor allem, über das Wiehern, das Geschrei und den Motorenlärm des Hubschraubers hinweg, unseren keuchenden Atem, und plötzlich sahen wir uns zwischen zwei hohe rote Ziegelsteinmauern in eine Sackgasse rennen. Als wir uns umdrehten, sahen wir keine Pferde mehr, sondern einen großen grauen Bus, der geräuschlos und sehr langsam, mit furchterregender Feierlichkeit auf uns zukam, und zu beiden Seiten des Busses Polizisten zu Fuß, die Kampfanzüge trugen, deren Hosenbeine in Schnürstiefeln steckten, statt der von oben bis unten zugeknöpften Uniformjacken und schwarzen Halbschuhe der normalen Polizei: Die uns jetzt auf den Fersen waren und den Weg abschnitten, gehörten zur Spezialeinheit, mit Helmen mit hinabgelassenen Visieren, Schutzschilden an der Seite und Knüppeln, die auf und ab schwangen wie gezückte Säbel. Das Brummen des

Helikopters und das Knattern der Rotorblätter war jetzt nicht mehr zu hören, und keiner von uns schrie; wir hörten die Stiefeltritte der Polizisten auf dem Kies, das Pfeifen der schwarzen Knüppel, die die Luft durchschnitten wie Säbel, und die unglaublich obszönen Beschimpfungen, mit denen uns die Männer bedachten, zweifellos um ihre rasende Wut und unsere Angst noch zu steigern. Es gibt Dinge, die kann man nicht erfinden und nicht vergessen: das Knirschen der schwarzen Stiefel, die Gasse mit den hohen roten Wänden, die sich vor uns verschloß, die Stimmen jener Männer, die uns mit den schmutzigsten Wörtern bedachten und mit langsamen Schritten näher kamen, die Visiere heruntergeklappt und die Schlagstöcke hoch und höher hebend wie in der statuenhaften Gebärde eines Reiterangriffs.

Wir fünfzehn oder zwanzig, die wir zielsicher in eine Sackgasse gelaufen waren, rannten jetzt nicht mehr. Ich stand mit dem Rücken zur Wand und sah keuchend, meine Oberschenkel zusammenpressend, um mir nicht in die Hose zu machen, die Männer von der Spezialeinheit herannahen, hörte jetzt nicht nur ihre heiseren, brutalen Stimmen, sondern auch den gepreßten Atem jener lebendigen Statuen, die mehr als näher zu kommen vor mir in die Höhe zu wachsen schienen. Dann trat einer der wenigen Glücksfälle meines Lebens ein, das bis heute insgesamt eher zum Unglück tendiert: Die Wand, an der ich mit dem Rücken stand, gab nach, und wie in einem Traum sah ich, daß ich rücklings auf einen sehr kalten Boden fiel, daß jemand mich fortschleifte, daß eine Tür aus Eisenstreben und Drahtglas vor mir zuschlug und die Flüche und das Geschrei der Polizisten dämpfte und die Gestalt eines von ihnen zu einem Schatten vor dem Glas wurde, auf das er mit einer solchen Erbitterung einschlug, daß es Sekunden später, als ich, von jemandem fortgezerrt, durch den Gang rannte, hinter mir lärmend zerbarst.

Das Gesicht dessen, der mich rettete, habe ich kaum gesehen, und falls ich mit ihm sprach, habe ich es nach jenen Minuten des Schreckens vollkommen vergessen. Ich erinnere mich an eine Brille und einen schwarzen Bart, an einen weißen Kittel und einen langen, sehr dunklen Flur mit Linoleumfußboden, einen Hörsaal oder ein Labor, in dem sich niemand befand und von dem aus man Sirenengeheul hörte. Meine Blase drückte nicht mehr, dafür hatte ich aber einen großen beschämenden Fleck auf der Hose, wie einmal, als ich noch ein Kind war, als ich mich ohne zu bezahlen ins Freiluftkino schleichen wollte, der Türsteher mich erwischte und ich mir just in dem Moment in die Hose machte, als seine Pranke mich im Nacken ergriff.

Am Nachmittag ging ich zu Ataúlfo, obwohl er mich nicht zu sich gerufen hatte. Er sei krank, sagte mir seine Frau, die schon angefangen hatte, mich argwöhnisch zu betrachten, als hielte sie mich für ein Früchtchen, einen Komplizen bei den Ausschweifungen ihres Mannes. Er war zwar krank, doch seine Krankheiten, die so willkürlich und vielfältig waren wie seine übrigen Beschäftigungen (er krankte praktisch an allem, erklärte er, außer an Impotenz), bildeten eine weitere Variante seines gesellschaftlichen Lebens, bei der er seine Klienten und Freunde im Bett liegend empfing, wo er eine kontemplative Hinfälligkeit annahm, die Erhabenheit eines Bischofs oder Edelmanns. Er, der so kräftig andere Hände drückte, streckte als Rekonvaleszent die seine aus, als solle man ihm einen Ring küssen, und das ungewöhnlichste war, seine linke Hand untätig und müßig auf der Bettdecke liegen und nicht wie sonst ein Glas und eine Zigarette halten zu sehen. Als ich gerade sein Schlafzimmer betreten wollte, kam ein grauhaariger, kräftiger, etwa sechzigjähriger Mann heraus, der mich mit einem vollkommen leeren Ausdruck in den Augen ansah, als blicke er durch mich hindurch auf die bemalte Tapete an der Wand. Einige Sekunden später wurde mir klar, daß es der Geistliche gewesen war, den ich bei *Lhardy* gesehen hatte, nur diesmal in Zivil.

Auf dem Nachttisch, dem Boden, der Bettdecke, überall lagen juristische Papiere und Wochenendbeilagen von Zeitungen. Ataúlfo war anfangs ein wenig abwesend, hörte gar nicht genau zu, was ich ihm sagte. Damals, während meiner ersten Zeit in Madrid, fiel mir auch stark auf, wie wenig Aufmerksamkeit mir die Leute schenkten, wenn ich mit ihnen sprach, oder wie leicht sie sich ablenken ließen. Er sagte mir, sein Arzt sei bei ihm gewesen, Anarchist wie er und Homöopath, der einzige jener kriminellen Profession, dem er vertraue: Der Arzt hatte ihm das Versprechen abgenommen, dem Alkohol und dem Tabak zu entsagen, und er, der er als Anarchist zu seinem Wort stehe, gedenke das Versprechen um jeden Preis zu halten. Ich erzählte ihm von der Demonstration an jenem Morgen, und obgleich ich merkte, daß es ihn offenbar nicht sonderlich interessierte, fuhr ich fort bis zum Ende, denn ich wäre vor Kummer gestorben, hätte ich ihm nicht so schnell wie möglich alles berichtet. Er merkte erst auf, als ich den Namen des hingerichteten Anarchisten erwähnte, Salvador Puig Antich, der ohne Beweise angeklagt worden war, tödliche Schüsse auf einen Polizisten abgegeben zu haben. Ataúlfo richtete sich im Bett auf, und ich zuckte zusammen, als ich sah, daß seine Augen, die ohne Brille größer waren und stärker hervorquollen, sich mit Tränen füllten. Er wischte sie schnell mit einem Taschentuch ab, wobei er so tat, als putze er sich die Nase, und bedeutete mir, die Tür zu schließen und wieder zu ihm zu kommen.

«Es gibt da etwas, das ich dir bisher noch nicht gesagt habe, weil ich erst sicher sein wollte, daß du vertrauenswürdig bist», sagte er mir mit tiefem Ernst und fast totenstarrem Gesicht. «Ich bin der Generalsekretär der Iberischen Anarchistischen Föderation. Salvador, seine Seele möge in Frieden ruhen, war einer unserer tapfersten Aktivisten.»

Ihm versagte die Stimme. Er tastete unter dem Kopfkissen nach einer Schachtel Winston, in der sich ein Feuerzeug befand, doch seine Hände zitterten so sehr, daß schließlich ich ihm die Zigarette herausholte und ihm Feuer gab.

Etwas länger als einen Monat konnte ich das ungeheure Geheimnis, das Ataúlfo mir anvertraut hatte, mühelos wahren. Jetzt bekamen einige Merkwürdigkeiten einen Sinn, die ich stets für Marotten gehalten hatte, plötzliches Verschwinden und geheimnisvolle Verabredungen und Telefonanrufe. Nachts, wenn ich mit Ataúlfo die teuren Bars in der Serrano besuchte, wenn ich trockenen Rheinwein trank und Hummerhäppchen aß, nachdem ich zu Mittag einen Hot dog verzehrt hatte, oder wenn ich ihn in einen dieser Clubs begleitete, wo man mich auch schon kannte, fielen mir jetzt Kleinigkeiten auf, die mir früher entgangen waren und in denen ich bewundernd und auch ein bißchen furchtsam und stolz Ataúlfos subtilen konspirativen Habitus erahnte, seine ganz und gar zufällig scheinenden Begegnungen mit Männern oder Frauen, die ihn nicht ansahen und im Vorübergehen streiften, wenn sie sich auf dem Gang zum Telefon oder zu den Toiletten begegneten, denen er jedoch eine geflüsterte Losung weitergab, seine Art, sich kreuz und quer durch das gesamte gesellschaftliche Spektrum zu bewegen, zu den Palästen hinauf- und zu den Hütten hinunterzusteigen, wie er sich ausdrückte, wobei er seine unermüdlichen Aktivitäten meisterhaft unter einer Maske von Sorglosigkeit und sogar einer gewissen Liederlichkeit zu verbergen wußte, auf die er selbst in Gegenwart seiner Frau nicht verzichtete.

Wie gesagt, konnte ich das Geheimnis fast einen Monat lang für mich behalten und hätte es noch viel länger wahren können, wäre nicht Ende März mir nichts, dir nichts mein beinah vergessener Freund Ramón Tovar in der Pension aufgetaucht, beladen mit einem Holzkoffer, wie ihn die Rekruten einer früheren Generation benutzten, sowie einem mit Schnüren gesicherten Pappkarton, in dem er mir eine Ladung himmlischer Lebensmittel überbrachte, welche meine Mutter ihm mitgegeben hatte, die dem Postweg nicht traute, weil sie, vielleicht nicht ohne Grund, glaubte, die dem Innern der Schachtel entströmenden Düfte und Gerüche würden die mit der Zustellung betrauten Austräger in nur schwer zu widerstehende Versuchung führen. Ramonazo kam eines Abends gegen sieben, gerade als ich mich auf dem Weg ins *Chicote* machte, wo Ataúlfo auf mich wartete, um mich auf einen Ausflug mitzunehmen, dessen endgültiges Ziel er mir, offenbar aus Sicherheitsgründen, nicht verraten hatte, der aber zumindest schon einen hervorragenden Ausgangspunkt hatte, vor allem, falls Ataúlfo sich ein wenig verspätete und ich Zeit fand, am Tresen zu sitzen und die Gäste zu beobachten, während ich einen *whisky sour* schlürfte, einen Cocktail, für den mein Lehrer zu dieser Abendstunde eine ausgeprägte Vorliebe besaß.

Ich wollte also gerade gehen und konnte kaum die Unannehmlichkeit verhehlen, die mir das plötzliche Wiedersehen mit Ramón Tovaritsch bereitete, konnte nur kühl auf seine Umarmungen, Quetschungen und Knüffe eines Känguruhs oder sowjetischen Parteibonzen auf Besuch in einem Bruderland reagieren, wie auch seinen Trick oder seine Kunstfertigkeit, einem sanft die Hand hinzustrecken und wohlerzogene Korrektheit vorzugaukeln, dann aber jäh zuzudrücken, bis einem die Gelenke krachten, und über die schlaffen Hände der Studenten zu lachen, die wir statt in den Hörsälen besser auf den Zukkerrohrfeldern oder in den Reisanbaukommunen Nordvietnams etc. aufgehoben wären. Möglicherweise sollte ich mich dessen schämen, was ich einzugestehen habe, aber als ich Ramonazo in der Diele der Pension stehen sah, wie er laut loslachte und bei meinem Anblick einen Freudenschrei ausstieß, da kam er mir, wenn ich ehrlich bin, sehr plump vor, viel plumper, als ich ihn in Erinnerung hatte, plump in seiner äußeren Erscheinung, seiner Kleidung, seinen Worten und seinem Akzent (die harschen Gutturale und die schleppende Betonung meines Heimatortes), und als er mich zum zweitenmal bei dem Spitznamen oder dem damals noch gängigen Beinamen meiner Familie rief (den hier zu nennen ich nicht für unerläßlich halte und der ohnehin seit vielen Jahren außer Gebrauch ist), errötete ich und warf einen Blick in den Flur, weil ich fürchtete, irgendein Gast könne neugierig seinen Kopf herausstrecken bei diesem ganzen Gefluche, das eher in einen Schafstall paßte als in eine Pension.

«Scheiße, Alter, man erkennt dich ja kaum wieder, so weiß, wie du bist, so saft- und kraftlos wie ein Furz aus 'nem schlaffen Arsch, und mit dieser Schwuchtelmähne, die du dir hast wachsen lassen.»

Aber er war mein Freund, er stammte aus demselben Ort wie ich, er war ein unbestreitbares und loyales Mitglied der Arbeiterklasse in einer Zeit, da Hörsaalideologen und Organisationen der extremen Linken militanten Arbeitern mit derselben Aussicht auf Erfolg nachjagten, als wären sie hinter einem Einhorn her. Er würde das zweite Bett in meinem Zimmer belegen, das eine Woche vorher frei geworden war, wir würden unser Geld und unser Essen absolut paritätisch teilen, und bis bessere Zeiten kamen, würden wir in maoistischer Kargheit leben. Ramonazo, der sehr gebieterisch war, hielt mich mit aller Kraft vom Fortgehen ab und schubste mich ins Zimmer zurück, ohne im mindesten meine Ausführungen über eine Reportage, die ich noch am selben

Abend schreiben mußte, zu beachten, mit deren beiläufiger Erwähnung ich ihn hatte beeindrucken wollen. Aber Ramonazo beeindruckte gar nichts. Die erste Fahrt durch Madrid, diese erste halbe Stunde, die mich so sehr bedrückt hatte, von dem Moment, als ich aus dem Zug gestiegen war, bis ich endlich zu der Straße gelangte, in der die Pension lag, hatte ihn vollkommen kaltgelassen, ja, er sprach sogar leicht abfällig davon, und das, obwohl er sich getraut hatte, die Metro zu nehmen, eine Heldentat, die ich erst vollbrachte, nachdem ich auf einem Plan gründlich die Linien und die Streckenverläufe studiert hatte. Ramonazo, der sich auf mein Bett gefläzt und nicht einmal die Schuhe ausgezogen hatte, spulte, die Hände bequem im Nacken verschränkt, die Namen der Stationen herunter, die er passiert hatte, bis er an der Plaza de España ausgestiegen war, gab seinen Kommentar dazu, wie schmutzig die Metro war, wie alt die Züge und wie klein ihm die Bahnsteige und Wartehallen vorgekommen waren im Unterschied zu denen der Metro von Moskau, von der er wußte, daß sie die beste der Welt war. «Um sich in Madrid zu verirren, muß man blöd sein, Alter», sagte er, und ich dachte gleich, daß ich besonders blöd sein müsse, denn es kam nur selten vor, daß ich mich nicht verirrte oder an einen berühmten Platz anders als durch reinen Zufall gelangte.

Mir ist aufgefallen, daß ich dazu neige, neue Dinge, die ich entdecke, und Orte, die ich zum erstenmal besuche, zu verherrlichen, doch mittlerweile glaube ich, daß dies nicht sehr vielen Menschen passiert. Ich gelange in eine andere Stadt, die wenigen Male, die ich aus meinem Dorf herauskomme, im Sommer vor allem, die Jahre, in denen meine Frau und ich uns ein Appartement am Strand mieten, und fast alles, was ich sehe, kommt mir großartig vor, von den Restaurants bis zu den Strandpromenaden, und hinterher wird mir klar, daß die Stadt entsetzlich war, der Strand gesundheitsgefährdend und die Restaurants gewöhnlich und teuer. Beinah jeder scheint mir intelligenter oder wohlhabender als ich zu sein. Auf jeden Verkäufer falle ich herein, weil ich sein Lächeln und seine Ratschläge für aufrichtig halte, so daß ich zur Verzweiflung meiner Frau mit bestem Wissen und Gewissen immer das Schlechteste kaufe. Ramonazo gehörte, im Gegensatz zu mir, zur Spezies derer, die sich nie betrügen lassen, und wenn ich mit ihm zusammen war, hatte ich manchmal das Gefühl, wir sähen zwei verschiedene Welten: Das Pensionszimmer, das ich ihm in aller Aufrichtigkeit als groß und lichtdurchflutet geschildert hatte, fand er eng und finster, den Kleiderschrank klein, die Pension minderwertig, als hätte er schon einmal in Hotelzimmern mit Dusche und heißem Wasser gewohnt, das Viertel heruntergekommen, das Leitungswasser schal ... Diese Menschen rufen in mir immer den drängenden Wunsch hervor, sie zufriedenzustellen oder daß sie etwas finden möchten, das ihnen gefällt, und da ich damit keinen Erfolg habe, fühle ich mich sogleich schuldig, als wären nicht sie oder die Welt für ihre Enttäuschung verantwortlich, sondern ich. Als ich Ramonazo am nächsten Vormittag das Spaniengebäude und den Turm von Madrid zeigte, sagte er, er habe sie sich höher vorgestellt und sie hielten keinem Vergleich mit dem Empire State Building stand, dessen exakte Höhe er auswendig wußte, ebenso wie die des Everest und der Cheopspyramide. Ich weiß nicht warum, aber von solcherart statistischem Wissen pflegten Autodidakten damals fasziniert zu sein.

Am ersten Abend hatte ich befürchtet, Ramonazo werde sich mit der quälenden Anhänglichkeit eines Landsmannes, der in der Hauptstadt außer mir niemanden kennt, an mich heften, und hatte mich beeilt, ihn loszuwerden, um noch rechtzeitig zu meinem Treffen mit Ataúlfo im *Chicote* zu kommen, doch in der Nacht, als ich gegen zwei Uhr in die Pension zurückkehrte und auf Ramonazos Klagen gefaßt war, weil er, so wie ich während meiner ersten Stunden in Madrid, die ganze Zeit allein, gelangweilt und trübsinnig im Zimmer verbracht hatte, der dumpfen Neid gegen mich empfände, weil ich Freunde hatte und mir whiskytrinkend mit ihnen die Nächte um die Ohren schlug, da stellte sich heraus, daß er gar nicht da war und auf dem Nachttisch, genau auf einer Ausgabe von *Diez Minutos*, eine Nachricht für mich hinterlegt hatte: *Bin mit einer Freundin zum Essen ausgegangen. Komme spät zurück. Warte nicht auf mich.*

Nach vier kam er pfeifend heim, eine Wolke von weiblichem Parfüm und schwarzem Tabak im Zimmer verbreitend: Später erfuhr ich, daß seine prochinesische Freundin auch frankophil war und Gitanes rauchte. Ich hatte kurz zuvor das Licht gelöscht und stellte mich schlafend, doch Ramonazo knipste es rücksichtslos an und rüttelte mich so lange, bis ich nicht mehr so tun konnte, als sei ich nicht wach. Er setzte sich ans Fußende meines Bettes und schaute mit einer Miene argwöhnischer Betrübtheit auf das Buch, in dem ich bis zum Löschen des Lichts gelesen hatte.

«Alter, du tust mir leid, so blaß wie du bist und immer nur lesen, hier in deinem Pensionszimmer, nur Essen aus Dosen.»

«Hör mal, ich bin erst vor einer halben Stunde zurückgekommen ...»

«Ich lese genauso gern wie du, aber das Leben darf nicht zu kurz kommen, Alter, sonst trocknest du ein, das Blut zirkuliert nicht mehr, und du kriegst keinen mehr hoch.»

«Ach, und du bist Casanova», warf ich übellaunig ein, drehte mich um und zog mir die Decke über den Kopf.

«Ich bin vielleicht kein Casanova, aber ich bin noch keine acht Stunden in Madrid und hab mir schon eine angelacht», er unterbrach sich und schwieg, bis ich mich umwandte, ungläubig, ein wenig gedemütigt, Zeuge seines Triumphes. «Ein Klasseweib, ich hab sie im Zug kennengelernt, und wir haben uns in einer Kneipe an der Plaza Mayor verabredet. Ich kann dir sagen: eine befreite Frau, Studentin und roter als du und ich zusammen … Ich wette mit dir, um was du willst, daß ich sie innerhalb von zehn Tagen flachgelegt habe. Du kannst dir nicht vorstellen, wie heiß die Tante war. Ich mußte die Arme anspannen, damit sie meine Muskeln fühlen konnte, und ich sollte ihr die Hand drücken, weil sie es toll fand, wie meine so rauh waren.»

Es kostete mich einige Mühe einzuschlafen, nicht nur wegen des Unbehagens, jemanden bei mir im Zimmer zu haben, sondern weil ich an meine Verlobte denken mußte, meine jetzige Frau, die ich seit zwei Monaten nicht gesehen hatte, und an die Frauen mit den großen weißen Brüsten und tiefen Ausschnitten, die sich manchmal auf Ataúlfos Knie setzten und ihm den perlenden Rand eines Glases Champagner an die Lippen führten. Ich bin kein Mann von sexuellen Höchstleistungen, und ich ziehe die trauliche Beständigkeit meines Lebens den leidenschaftlichen Seitensprungturbulenzen, in die sich einige meiner Freunde verwickelt sehen, bei weitem vor, doch in jener Zeit war es nicht ungewöhnlich, daß ich Phasen rasender Eifersucht durchlebte oder mir in meiner Schlaflosigkeit die Phantasie und die Instinkte durchgingen, mit dem einzigen Resultat eines verspäteten Erwachens voller Schuldgefühle am nächsten Morgen und eines beschämenden gelben Flecks auf dem Bettlaken. Ich fragte mich, was Ramonazo von mir hielte, wenn er wüßte, daß ich noch nicht einmal mit meiner Braut und auch sonst mit keiner Frau geschlafen hatte; er, der, kaum in Madrid angekommen, schon eine befreite Frau kannte und eine Woche später Arbeit in einer Werkstatt für Autoelektrik gefunden hatte, eine richtige Arbeit mit festen Stunden und Lohnsteuerkarte, nicht so was wie die Gelegenheitsarbeiten, denen ich nachging.

Die Arbeit hatte ihm natürlich Ataúlfo beschafft. Damals war ich absolut davon überzeugt, Ataúlfo könne alles erreichen, die Welt gehorche der kleinsten Handbewegung und dem geringsten Wunsch von ihm mit der gleichen unverzüglichen Folgsamkeit wie die nächtlichen Taxis. Die ersten Tage verließ Ramonazo um acht Uhr morgens entschlossen die Pension, viel früher, als ich überhaupt aufstand, und legte unermüdliche Fußmärsche durch die Innenstadt zurück, fuhr mit der Metro oder in Autobussen bis in die entferntesten Vorstädte und umliegenden Industriegebiete, fragte in allen Autowerkstätten und bot sich als Handlanger auf allen Baustellen an, in allen Fabriken und Lagerhallen, an denen er vorbeikam, gekleidet stets mit der strengen, etwas dürftigen Korrektheit eines Arbeitsuchenden aus der Provinz, in seinen Schuhen mit den runden Kappen und den auffälligen Absätzen, seinen Trevirahosen, die er selber plättete, bevor er ging, mit seiner braunen Kunstlederjacke, zu der er ein Hemd mit Krawatte und einen Wollpullover trug, den seine Mutter ihm gestrickt hatte, glatt gescheitelt, frisch rasiert und nach Rasierwasser duftend, gestärkt durch den unverbrüchlichen Glauben daran, daß ein anständiger Mensch und ehrbarer Arbeiter immer seinen Weg im Leben macht.

Zu Beginn, während der ersten Woche, kam Ramonazo jeden Abend erschöpft in die Pension zurück, die Schuhe voll Staub oder Lehm, das Gesicht vom Bartwuchs schon wieder schattig, unter dem Arm eine gefaltete Zeitung, in der er Stellenangebote unterstrichen, an den Rändern Adressen, Namen und Telefonnummern notiert hatte. Da seine Ersparnisse noch nicht ganz aufgebraucht waren und er in bezug auf Geld stets zu einer Mischung aus Exhibitionismus und Großzügigkeit neigte, sagte er mir, am nächsten Tag werde er eine Arbeit angeboten bekommen, das müßten wir feiern, und er führte mich dann in eine der Kneipen, die er durch seine prochinesische Freundin kennengelernt hatte, oder in eine Bar in der Calle Leganitos, die ich ihm gezeigt hatte und wo man für zehn Peseten ein furchtbares Bratspeckbrötchen bekam, das «Bauernlümmel» genannt wurde. Ich bemerkte an ihm diesen Überschuß an nervöser Energie, den Madrid bei Neuankömmlingen mobilisiert, diese irrationale Empfänglichkeit für alles Neue, die einen anfangs vergiftet und entnervt, wenn man durch die Straßen läuft und die Luft einsaugt, als wandere man im Hochgebirge: Er würde gleich morgen eine Stelle finden, würde eine geheime Gewerkschaft gründen, würde mit diesem Mädchen, das ich noch nicht kannte, in einer Kommune leben, würde in ein paar Jahren mit den Taschen voller Geld in unser Dorf zurückkehren und seinen Vater beschämen und demütigen, der ihm eine Ohrfeige hatte verpassen wollen, als er ihm sagte, er ginge nach Madrid.

Doch nach und nach besiegte ihn die Stadt, so wie es immer passierte, die Arbeitsangebote verschoben sich auf den nächsten Tag oder auf die nächste Woche, und die Leute, die er anrief, waren nie ans Telefon zu bekommen, und wenn er zu frühester Morgenstunde bei der Adresse einer in der Zeitung angebotenen Arbeitsstelle eintraf, wartete dort schon eine Schar von Bewerbern, die vor ihm angekommen waren. Manchmal stand er sogar später auf als ich, und obwohl er nie vergaß, sich zu rasieren und einen Scheitel zu ziehen, konnte es vorkommen, daß er die Krawatte nicht umband oder seine Schuhe nicht mehr mit derselben Sorgfalt putzte wie zu Beginn. Phantasieren tat er immer noch: In seiner Vorstellungswelt wechselten Bilder vom Kollektivismus mit dem amerikanischen Traum vom persönlichen Erfolg ab, und sah er sich selbst manchmal als ernsten Arbeiter oder als Politkommissar in einem vorbildlichen großen kommunistischen Industriebetrieb, so stellte er sich andere Male vor, er mache ein Vermögen mit einer Reparaturwerkstatt für Luxuskarossen im Salamancaviertel und danach mit einer Vertretung für Rolls-Royce oder Mercedes ...

Er kam müden Schritts zur Pension zurück, ließ die zusammengelegte und zerblätterte Zeitung fallen und legte sich unter großem Sprungfederngequietsche aufs Bett, denn trotz des Hungers, den er zu schieben begann, hatte er noch Reserven von den Würsten und dem Eingekochtem des letzten Winters. Wenn ich, der die Anzeichen geheimer Not gut kannte, ihm ein Pastetenbrötchen oder eine Dose von irgend etwas anbot, wies er es zurück und erzählte mir von dem angeblichen Schlemmermahl, das er sich vor wenigen Stunden für einen lächerlichen Preis in einem Restaurant in Carabanchel oder Vallecas einverleibt hatte, drei Gänge, Wein, Nachtisch und Kaffee und zum Schluß noch eine Zigarre und ein Gläschen Fundador, nicht wie in den Speisesälen der Universität, wo ich aß und wo man Krankenessen vorgesetzt bekam, durchsichtige Suppen und Scheiben von blassem Yorkschinken in Salatblätter gewickelt, Nahrung für Intellektuelle und Blutarme, der man mit Sicherheit noch Bromid beifügte, um alle zu Eunuchen zu machen.

Die Pechsträhne fiel mit einem neuerlichen Verschwinden Ataúlfos zusammen, der mir in letzter Zeit, nach seiner Krankheit und nachdem er mich ins Vertrauen gezogen hatte, zurückhaltender als sonst vorgekommen war, so als bedrücke ihn eine zu große

Sorge, die er nicht hinter seiner üblichen Jovialität zu verbergen vermochte, oder, was noch schlimmer war, als hätte ich unbewußt etwas getan, das seines Vertrauens unwürdig war, und als bereute er jetzt, es mir geschenkt zu haben. Immer, wenn mich jemand positiv einschätzt, frage ich mich, wie lange es dauern mag, bis er von mir enttäuscht ist. Ich rief bei Ataúlfo zu Hause an, und seine Frau oder einer seiner Söhne teilte mir kurz angebunden mit, er sei nicht da und sie wüßten nicht, wann er zurückkäme. Ich dachte, er hielte sich womöglich verborgen oder man habe ihn aufgrund der Erschießung seines anarchistischen Kameraden verhaftet, oder er sei nach Frankreich geflohen. Und eines Nachmittags plötzlich, als ich zur Pension kam, übergab mir die Wirtin eine jener lakonischen Nachrichten, die er so gern hinterließ: *Topic's Diego de León 9.30 abends.*

Ich überredete Ramonazo mitzukommen, was aber nicht ganz einfach war, denn zuerst sagte er mir, er habe eine Verabredung mit seiner befreiten Freundin und außerdem sei er nicht daran interessiert, die verdorbene Luft der Großbourgeoisie zu schnuppern: Ein Stück Hartwurst, sagte er mir, und ein Stück Brot auf einer Baustelle wären ihm lieber als ein Essen im Luxusrestaurant, wo man sogar die Bohnen mit Messer und Gabel aß und wo einem die weißbehandschuhten Kellner ihn sicher ausschüttelten, wenn man gepinkelt hatte. Schlechten Gewissens gestand ich mir ein, daß mir Luxusrestaurants lieber waren als Henkelmänner und Arbeitermahlzeiten, doch hütete ich mich, dies auszusprechen, und als ich es schon aufgegeben hatte, Ramonazo überzeugen zu wollen, stellte ich überrascht fest, daß er grummelnd seine Meinung änderte und sich doch dazu herabließ, mit mir zu kommen, ohne große Lust natürlich, so als tue er mir einen Gefallen.

In der Metro sagte er mir mit geschlossenen Augen die Namen aller Stationen auf, in die wir hineinfuhren. Ich verriet ihm voller Begeisterung einige der ungewöhnlichen oder bewundernswerten Eigenschaften Ataúlfos sowie alle Einzelheiten über die Wunder, die uns im *Topic's* erwarteten, eines der ersten Selbstbedienungsrestaurants in Madrid und natürlich das erste, in das ich je einen Fuß gesetzt hatte. Als wir eintraten, beobachtete ich begierig seinen Gesichtsausdruck, mit jener Furcht, es ihm vielleicht nicht recht zu machen, die ich bereits erwähnte und die mir, das nebenbei, vielleicht schon das eine oder andere Mal Unannehmlichkeiten im Leben bereitet hat, indem sie mich dazu trieb, nicht das zu tun, was ich wollte, sondern das, was man meiner Meinung nach von mir erwartete. Ramonazo versuchte zwar, sich nichts anmerken zu lassen, doch der Anblick der lichten Räume und des in Vitrinen ausgestellten Essens im *Topic's* machten einen tiefen Eindruck auf ihn: die langen Reihen großer roter Tische, an denen bequem mehr als tausend Personen essen konnten, die Eingänge und Ausgänge kennzeichnenden Neonschriftzüge, die Glasvitrinen und die Oberfläche aus Edelstahl, über die man sein Tablett schieben und unter jener unerschöpflichen Vielfalt von Leckereien auswählen konnte, von denen wir viele zum erstenmal sahen und gar nicht identifizieren konnten, deren lebhafte Farben uns jedoch ebenso wie der cremige Glanz der Soßen den Mund wäßrig machten, als ständen wir vor dem Fenster einer Zuckerbäckerei. Die *Topic's* waren damals so etwas wie die Kathedralen der modernen Ernährung, von einer gesunden, hygienischen Industrialität und einer amerikanischen Schnelligkeit, die mir sehr zusagten, vor allem seit ich, nach zwei oder drei Malen – stets in Begleitung von Ataúlfo und von ihm subventioniert –, mit den Verfahrensweisen der Selbstbedienung vertraut war, die keineswegs so komplikationslos verliefen, wie man heutzutage vielleicht glauben mag.

Unterwegs hatte ich befürchtet, Ataúlfo könne sich verspäten oder überhaupt nicht kommen und Ramonazo und mich der Qual aussetzen, mit ebenso leeren Mägen wie Geldbeuteln auf ihn warten zu müssen. Wir hatten jedoch Glück, und gerade als wir die Tür zum *Topic's* aufdrückten, hielt davor ein Taxi, dem nicht ohne Mühe der illustre Ataúlfo entstieg, der sich mitten auf dem Gehweg mit nonchalanter Geste die ihm während der Fahrt heruntergefallene Zigarettenasche von Jackenaufschlägen und Hose abklopfte, sich mit der rechten Hand über die Stirn fuhr, die lange Haarsträhne zur Seite strich und schließlich die Krawatte zurechtrückte, wobei er sich verstohlen umschaute, mit dem automatischen Reflex und dem verborgenen Scharfblick, die den erfahrenen Aktivisten und Untergrundkämpfer kennzeichneten, der sein halbes Leben lang den schrecklichen Gefahren der Verfolgung und Verhaftung entgangen war, die er zum Teil sogar herausgefordert hatte.

«Das ist er», sagte ich zu Ramonazo. «Das ist mein Freund Ataúlfo.»

«Ein richtig großbürgerlicher Fettsack ist das ja», Ramonazo wählte einen verächtlichen, beinah drohenden Tonfall.

«Du darfst nicht nur nach dem Äußeren gehen ...»

Ich stellte sie einander vor: Ramón betrachtete Ataúlfo mit einer mürrischen Scheu, die im Verlauf des Abendessens großspurige Züge annahm. In der Selbstbedienungsschlange füllten wir unsere Teller bis zum Rand mit allen Arten von Gerichten, ermuntert stets durch Ataúlfo, der für sich kaum etwas nahm, da er in Wirklichkeit recht wenig aß, der uns später bei Tisch zusah, wie wir unser Essen hinunterschlangen, und in dessen Lächeln Zerstreutheit und Milde lagen, als befinde er sich nicht ganz unter uns, ein Ausdruck, der sich verstärkte, wenn er an seinem Wein nippte oder an seiner Zigarette zog. Ich fragte ihn, wo er gewesen sei, und er antwortete: «Fort, auf Reisen», wobei er mir einen Blick zuwarf, der deutlich zu verstehen gab, wie unpassend es war, vor Fremden eine Erklärung darüber abzugeben. Ich erinnerte ihn an sein Versprechen, nicht mehr zu rauchen, und er antwortete mir in vollem Ernst, daß neuesten Erkenntnissen zufolge Zigaretten, so sie den, der sie rauchte, beruhigten, dazu beitrugen, einen Herzinfarkt zu verhindern, und folglich dem Herzen ebenso zuträglich waren wie Alkohol der Durchblutung. Nach dem Essen hielt er uns sein Päckchen Winston hin. Ich nahm mir eine, obwohl ich seine wissenschaftlichen Ausführungen nicht ganz nachvollziehen konnte, doch Ramonazo lehnte ab und zog statt dessen demonstrativ seine Schachtel mit dem Giftkraut kurzer Celtas hervor.

«Ich rauche nur schwarzen Tabak ohne Filter», erklärte er und zeigte dann auf mich. «Mir geht es nicht so wie dem da, der, kaum daß er in der Hauptstadt ist, seine alten Gewohnheiten ablegt.»

Betrübt bemerkte ich, daß meine beiden Freunde sich nicht verstanden, und mich bedrückte das Gefühl, einen Fehler begangen zu haben, indem ich sie zusammenbrachte und mich jetzt zwischen ihnen sah, vergeblich bemüht, es beiden recht zu machen und neutrale Gesprächsthemen für beide zu suchen, um ihrer gegenseitigen Feindseligkeit und Streitlust den Nährboden zu entziehen, womit ich vielleicht doch nichts anderes erreichte, als daß mich beide haßten, jeder von ihnen sich sagte, wenn ich ein Freund des anderen sei, könne ich schwerlich mehr als ein Spinner oder Schwindler sein, was ich bei bestimmten Gelegenheiten selber schon manchmal gedacht habe. An jenem Abend war klar, daß die beiden meine verzweifelten Besänftigungsversuche nicht honorieren würden und nach Streitgründen suchten, sosehr ich meine ganze Erfindungsgabe mobilisierte, um Punkte der Übereinstimmung zu finden. Ataúlfos Antikommunismus wurde gnadenlos unversöhnlich, wenn es um die Volksrepublik China ging, ein Land, das er bedenkenlos als Ameisenkolonie bezeichnete und das durch die Aufnahme diplomatischer Beziehungen zum Francoregime mehr denn je die Verachtung des freien Menschen verdiente. Als Ramonazo diese Dinge hörte, an die ich schon gewöhnt war, fiel ihm keine Antwort darauf ein, und ich sah, wie er immer wütender wurde, sein Gesicht sich rötete, seine Lippen sich bewegten, als wolle er etwas sagen; er stammelte etwas, und nach einem langen, gierigen Zug von seiner Celtas schlug er mit der Faust auf den Tisch und sagte zu Ataúlfo:

«Wissen Sie, was Sie sind? Ein Bourgeois und Sozialfaschist sind Sie.»

Er stand auf, und ich dachte schon, er wolle gehen, aber er ging nur zur Toilette. «Der arme Junge, welche Bitterkeit muß er in sich aufgestaut haben», sagte Ataúlfo, als er ihn mit maoistischem Ernst und seinem klobigen Gang zwischen den rotlackierten Tischen und den genußfreudigen, gutgekleideten

Gästen des *Topic's* davonstiefeln sah. Er fragte mich, womit Ramón seinen Lebensunterhalt verdiene, und ich sagte, er verdiene ihn sich nicht, sein ganzes Geld sei aufgebraucht, aber er sei zu stolz, dies zuzugeben oder als Versager in unser Dorf zurückzukehren. Ich erzählte ihm von all den Jahren, die er von morgens bis abends geschuftet hatte, von der Uneinsichtigkeit seines Vaters und der Grausamkeit und dem Geiz des Besitzers der Autowerkstatt, aus der Ramonazo vor einigen Wochen davongelaufen war. Er bedeutete mir, das Thema zu wechseln: Ramonazo kam von der Toilette zurück. Er hatte sich das Gesicht gewaschen, zweifellos um die drückende Last des Disputs und des gewaltigen Mahls ein wenig zu mildern, und wirkte jetzt schon sehr viel zahmer. Ataúlfo schlug vor, irgendwo einen Whisky trinken zu gehen: Ramonazo wandte ohne jede Feindseligkeit ein, Whisky möge er nicht, der schmecke nach Wanzen, aber er lade uns zu einem Anis Machaquito ein. Als wir das *Topic's* verließen, legte Ataúlfo ihm eine Hand auf die Schulter, während er etwas zu ihm sagte, und ich sah, daß diese Geste Ramonazo in einem Grade schmeichelte, wie er es niemals eingestehen würde. Im Taxi nahm er einen Scherz Ataúlfos über den Phantasiereichtum chinesischer Schneider ganz annehmbar auf. Am nächsten Tag, einem Freitag, rief ihn in der Pension der Inhaber einer Autowerkstatt an, der angab, ein guter Freund und Klient von Ataúlfo zu sein. Am Montag begann Ramón zu arbeiten. Am Samstag, kaum daß er seinen ersten Lohn kassiert hatte, lud er Ataúlfo und mich ins *Topic's* ein und wurde nicht müde, ihm zu danken und ihm Wein nachzuschenken und ihn mit bäuerischer Gönnerhaftigkeit zu drängen, doch mehr zu essen. Aber den Lohn kassierte er kein zweites Mal. Am darauffolgenden Mittwoch kam er am späten Vormittag zur Pension zurück, als ich noch gar nicht aufgestanden war: Der Faschist von Inhaber habe ihn gefeuert, sagte er, habe ihn beschuldigt, seine Arbeiter kommunistisch aufzuwiegeln. Er setzte sich aufs Bett, schlug die Hände vors Gesicht und murmelte: «Wie soll ich das nur Ataúlfo beibringen.»

Ich erinnere mich,

gewiß ohne Grund, an einen grauen Frühling mit langen bewölkten Sonntagen ohne Regen, an eine abwartende, bedrohliche Langsamkeit beim Vergehen der Zeit. Im Kleiderschrank unseres Pensionszimmers verwahrte ich die Lebensmittelpakete, die meine Mutter mir in regelmäßigen Abständen schickte, und wenn ich ihn öffnete, vermischte sich der Geruch der Würste mit dem der aufgehängten Kleidung und des alten Holzes, mit diesem Geruch häuslicher Tiefen, in denen sich auch ein in Peking (ich glaube, heute schreibt man Beijing) gedrucktes Handbuch der Stadtguerilla finden konnte oder ein

Paar getragener Socken, die einer von uns beiden vergessen hat zu waschen. Ich stand sehr spät auf, aß zum Frühstück in Kondensmilch getunkte Kekse, die nach Kleiderschrank rochen, und wenn ich ausnahmsweise mal in die Uni ging, sprach ich mit kaum jemandem. Graue Jeeps mit Drahtgittern vor Fenstern und Scheinwerfern parkten in einer Reihe auf manchen Straßen des Universitätsviertels, berittene Polizisten trabten in Gruppen daher, die Visiere der Helme waren hochgeschoben, und die schwarzen Schlagstöcke baumelten in ihren Schlaufen an den Flanken der Pferde herab. Sirenen hörte man nur selten, und der Helikopter überflog nicht mehr die Bäume und die Gebäude aus Beton oder rotem Ziegelstein, wo die Studenten sich offenbar restlos damit abgefunden hatten, zu studieren und zu gehorchen, sich nicht einzumischen und den Polizisten nicht ins Gesicht zu blicken, wenn sie ihnen begegneten.

Was mich betraf, so war ich nicht mehr rastlos, starb nicht mehr vor Ungeduld, mit erhobener Faust und Parolen skandierend inmitten einer Menschenmenge auf die Straße zu gehen. Der Vorfall Anfang März, bei dem ich beinah verhaftet worden war, hatte mich wehmütig die unüberwindliche Macht meiner Feigheit erkennen lassen. Niemandem, weder Ataúlfo noch Ramón, habe ich gestanden, daß ich mir damals in die Hosen gemacht hatte. In den Schwarzweißfernsehern sah man weiterhin Franco und Arias Navarro und das ganze Pack faschistischer

Würdenträger, an die heutzutage glücklicherweise kein Mensch mehr denkt, als würden sie einem anderen Jahrhundert und einer anderen Welt angehören, der schwarzweißen und grauen Welt einer lang zurückliegenden Diktatur.

In jenem Frühjahr 1974, vor der portugiesischen Aprilrevolution, schien es, als würde sich nichts und niemals etwas ändern, und wer sich an die Verszeile aus einem Gedicht von Brecht erinnerte, *die längste Nacht dauert nicht ewig*, der dachte sich doch, die franquistische Nacht wohl, weil niemand die Geduld, die Hartnäckigkeit oder den Mut besaß, auf ihr Ende zu hoffen, und weil der Faschismus, von Chile her, erneut die Welt verfinsterte. Unsere Generation, meine und Ramonazos, war die letzte antifranquistisch eingestellte, und paradoxerweise erbten wir mit achtzehn Jahren die Tradition der Niederlage aller vorausgegangenen Generationen, das Atmen der verdorbenen Luft von dreißig und etwas Jahren an Mutlosigkeit und an ebenso glorreichen wie absurden Erfindungen von Generalstreiks, die nie niedergeschlagen wurden, weil es sie niemals gegeben hatte. Für das Baskenland war der Ausnahmezustand dekretiert worden. In einigen Madrider Parks und sogar auf den Korridoren der einen oder anderen Fakultät konnte man in jenen Tagen das flüchtige Wunder eines nackt vorüberhuschenden Mädchens erblicken; es war eine Mode, die vom Campus nordamerikanischer Universitäten herüberkam, sich bei uns aber nicht durchsetzte, und die *blitzen* genannt wurde. An den gewöhnlichsten und trostlosesten Orten blitzte ein nackter Körper auf und verschwand, ohne die geringste Spur eines Glanzes zu hinterlassen.

Die Sprecher von Radio Pyrenaica versicherten, die Francodiktatur liege in den letzten Zügen. Die Flugblätter, die Ramón Tovar so geheimnisvoll las, versicherten, Imperialismus und Faschismus seien Papiertiger. Weder fand er eine Arbeit noch ich den Weg zum Journalismus. Zuinnerst hatten wir beide große Lust, alles hinzuwerfen und nach Hause zu fahren, wo wir wenigstens immer eine warme Mahlzeit vorfänden und einen wärmenden Kohleofen, der uns vor der Kälte schützte, aber keiner von uns beiden hätte die Schmach ertragen, es als erster einzugestehen. Ich schrieb fast täglich an die, die heute meine Frau ist. In den Schubladen des Hauses findet man heute noch den einen oder anderen jener Briefe, und wenn ich mich mal traue, sie zu lesen, überkommt mich ein unerträgliches Gefühl von Scham, von Mitleid und von Lächerlichkeit. Man neigt unwillkürlich dazu, sich in den Bildern der Vergangenheit, die die Erinnerung malt, vorteilhaft darzustellen. Dann entdeckt man in einem zwanzig Jahre alten Brief, was man damals wirklich gedacht und gefühlt hat, und sieht sich, wie man war, nicht naiv, sondern simpel, fanatisch statt träumerisch und rebellisch, angeberisch, dumm, idiotisch eher, vor lem aber weit fort, so unerreichbar in der fernen Vergangenheit wie die Fotografie eines Unbekannten, und dabei Wörter verwendend, von denen man heute schwören würde, sie niemals ausgesprochen oder geschrieben zu haben.

Nachdem man ihn aus der Werkstatt hinausgeworfen hatte, traute sich Ramonazo lange Zeit nicht, vor Ataúlfo zu erscheinen, dem dieser Bekehrungseifer meines Freundes, der so töricht und undankbar zu ihm gewesen war, als weiterer Beweis dafür diente, daß der Kommunismus weniger eine Ideologie als eine extreme Form von Denkverschluß war. «Der arme Junge», sagte er zu mir, «er ist ein guter Mensch, aber er sieht jetzt schon fast aus wie ein Politkommissar.» Damals, im April, hatte Ramonazo begonnen, seine Theorie vom Kräftesparen kompromißlos in die Tat umzusetzen, und um keine Energie zu verschwenden, blieb er Tag und Nacht im Bett liegen und rührte sich kaum, immer im Dunkeln, da das Licht offenbar zehrte, er verließ das Bett nicht einmal, um seine vielgerühmte prochinesische Freundin zu sehen, deren konsequente Unsichtbarkeit in mir schon den Verdacht ihrer Nichtexistenz aufkeimen ließ. Ich weiß nicht wie, aber in den ersten Tagen des Mai, jenes Mai, in dem *Informaciones* beinah täglich Fotos von der portugiesischen Revolution veröffentlichte, fand Ramonazo Arbeit auf einer Autoscooterbahn.

Ich war ihn schon erbärmlich leid, denn nichts

verschleißt eine Freundschaft mehr als die geteilte räumliche Enge und materielle Not in einer fremden Stadt, so daß ich mich freute, als ich erfuhr, er werde eine Zeitlang nicht in Madrid sein, obwohl er weiterhin die halbe Zimmermiete zu zahlen gedachte, ein Ausdruck, neben vielen anderen, seiner Großzügigkeit, die, fürchte ich, die meine übertraf. Die ersten zwei oder drei Nächte genoß ich es, allein zu sein, weder seine plumpen Scherze noch seine maoistischen Indoktrinationsversuche ertragen zu müssen, doch schon bald lähmte mich die Einsamkeit, wie es mir heute noch passiert, bis zu jenem gefährlichen Grade, da man vom schroffen Klang der eigenen Stimme überrascht wird und sich davor fürchtet, ein paar Worte mit dem nächstbesten Fremden zu wechseln, und sich nicht mehr traut, in einen Tabakladen einzutreten, um einen Briefumschlag zu kaufen, oder seine Stimme zu erheben, wenn beim Einkaufen die Reihe an einen gekommen ist.

Ich war so niedergeschlagen, daß ich mich nicht aufraffen konnte, Ataúlfo anzurufen oder unangemeldet bei ihm in der Wohnung aufzutauchen, wie ich es schon einige Male getan hatte, obwohl mich der Ort traurig stimmte, jene Korridore und Zimmer, in denen man nur mit Mühe jemanden erkennen konnte, jene Frau, die stets wirkte, als sei sie gerade aufgestanden, mit ihren geschminkten Lippen, der über den Morgenmantel geworfenen Strickjacke und den alten Hausschuhen. Wenn man sie sah, konnte man sie kaum mit Ataúlfo in Verbindung bringen, einerseits, weil ich sie noch nie zusammen hatte ausgehen sehen, und andererseits, weil er nie von ihr sprach, ebensowenig wie von den farblosen Kindern, deren Alter irgendwo zwischen Kindheit und Erwachsenwerden liegen mußte und denen ich einmal auf dem Flur begegnet war. Es war, dachte ich manchmal, als seien die Frau, die Wohnung und die Kinder Teil einer Scheinexistenz, einer falschen Identität, die Ataúlfo sich zugelegt hatte, um seine Stellung als Generalsekretär der gefürchteten FAI zu verschleiern, deren denkwürdige Heldentaten bei der Verteidigung von Madrid er mir so oft erzählte, vor allem auf unseren Taxifahrten, wenn er den Fahrer bat, bis nach Argüelles, ins Universitätsviertel, zum Parque del Oeste oder in die südlichen Vororte zu fahren, um mir genau zu erklären, wo die feindlichen und die anarchistischen Linien verliefen, von wo die republikanischen Kräfte auf die Falangisten schossen, die sich in der Montaña-Kaserne verschanzt hatten, und an welcher Stelle genau Buenaventura Durruti gefallen war, ermordet, so Ataúlfo, von seinen kommunistischen Widersachern, denen die heroische Überlegenheit der anarchistischen Milizen während der ersten Kriegsmonate unerträglich war.

So sah ich durch Ataúlfos Worte und Beschreibungen von Frontverläufen ein anderes Madrid, und dieselben Straßen, durch die ich, vom Verkehr wie betäubt und in die Lektüre einer Zeitung vertieft, so oft allein gelaufen war, wurden jetzt zu Schauplätzen grausamer Schlachten und heldenhafter Volksaufstände, und eine beliebige Straßenecke, an der Ataúlfo mir den Einschlag eines Geschosses zeigte, oder eine Straße, in der Barrikaden gegen das Vorrücken der marokkanischen Truppenverbände Francos errichtet worden waren, nahmen für mich auf unsichtbare Weise die Qualität von Volksdenkmälern an. An einem schmutzigen Plätzchen von Lavapiés zeigte Ataúlfo mir einen unscheinbaren öffentlichen Brunnen, der eine Schrifttafel trug, die ich ohne seinen Hinweis nicht bemerkt hätte: *Spanische Republik, 1934.* An einem Nachmittag im Mai, als wir auf dem Paseo de Rosales auf einer dieser herrlichen, von Bäumen beschatteten Terrassen Mandelmilch tranken, umduftet von einem Pflanzensaftgeruch, den der Wind von der Casa de Campo herübertrug, erzählte er mir, er erinnere sich, daß er an einem 1. Mai vor vielleicht vierzig Jahren an der Hand seines Vaters genau an dieser Stelle vorbeigegangen sei, mit kurzen Hosen und sauberen Bastsandalen und einem schwarz-roten Tuch um den Hals. Während er sprach, schaute er nicht mich an, sondern zur anderen Straßenseite hinüber, als sehe er dort seine Erinnerung.

Ataúlfo hatte einen Tisch gewählt, der weit abseits von den anderen stand. Er hatte mich am Morgen in der Pension angerufen und mich für sechs Uhr zu jener Terrasse bestellt und hinzugefügt, meine Schreibmaschine bräuchte ich nicht mitzubringen. In dem Taxi, aus dem er stieg, sah ich deutlich ein weibliches Profil unter blondem Haar, das mir sogleich ebenso bekannt vorkam wie der dichte Duft des exotischen Parfüms, der von Ataúlfo ausging, als er sich zu mir setzte: Die Frau im Taxi war dieselbe, die ich zwei Monate zuvor im *Lhardy* gesehen hatte, und Ataúlfo umgab so eindeutig eine Aura heiterer Mattigkeit, die selbst ich in meiner praktisch gänzlichen Unwissenheit auf sexuelle Befriedigung zurückzuführen wußte. Welch ein Typ, dachte ich und bewunderte ihn grenzenlos, ohne den kleinsten Anflug von Neid oder Groll, so wie man wohl nur in diesem Alter Bewunderung zollt. Doch obwohl er wußte, daß er in mir ein ganzes bedingungsloses Publikum für alle seine Abenteuer vor sich hatte, prahlte er kein bißchen und erwähnte mit keinem Wort die Blonde, mit der er gewiß ein paar Stunden hitziger Leidenschaft in einem Hotelzimmer verbracht hatte. Als der Kellner unsere Mandelmilch brachte, zahlte Ataúlfo sogleich, zweifellos, um sicherzugehen, daß er nicht noch einmal an unseren Tisch kam, doch rief er ihn schnell wieder zurück, kaum daß er einen Schluck von seinem Erfrischungsgetränk probiert hatte, das er angewidert von sich hielt: Er bestellte einen Whisky, und als der Kellner ihn fragte, ob mit Wasser, antwortete Ataúlfo nein, er gedenke nicht, sich zu waschen. Ich kannte ihn lange genug, um zu spüren, daß er im Begriff stand, mir etwas zu offenbaren, und daß die Erinnerungen an seine Kindheit und die Bestellungen beim Kellner nur dazu gedient hatten, meine Aufmerksamkeit zu schärfen, mir zu bedeuten, ich solle vorbereitet sein. Ich täuschte mich nicht. Ataúlfo trank einen Schluck Whisky, wobei er vor Wohlbehagen durstig mit der Zunge schnalzte, zündete sich gemächlich eine Winston an, und nachdem er einen ersten tiefen Zug genommen hatte, verlangte er mir mit fast drohender Feierlichkeit ein Schweigegelübde über die Dinge ab, die er mir erzählen werde. Dann schaute er mir in die Augen, und in unverändertem Tonfall forderte er mich auf, mich einer Verschwörung anzuschließen, die darauf abzielte, binnen drei Wochen das Regime von General Franco zu stürzen.

Es verschlug mir die Sprache. Ich hatte plötzlich das dringende Bedürfnis zu urinieren, doch Ataúlfos Augen hielten mich hypnotisch gefangen, und seine rechte Hand umklammerte mich fordernd und unbeugsam, während die linke, als Ausdruck der leichtlebig vitalen Hälfte seines Temperaments, die Zigarette und das Whiskyglas hielt. Ich empfand zu gleichen Teilen Begeisterung und Entsetzen, heroischen Stolz und Lust davonzulaufen, und ich war unfähig, nur einen intelligenten Satz zu formen und jenem herrischen Blick auszuweichen, der auf eine Antwort von mir wartete. Wer war ich, daß Ataúlfo mich um meine Mithilfe bat, wofür hielt er mich, daß er mich für würdig befand, nicht nur an einer Revolution teilzuhaben, sondern in ein Geheimnis eingeweiht zu werden, von dem das Leben vieler Menschen und die unmittelbare Zukunft Spaniens abhing?

«Ich will dich nicht drängen und dich zu nichts verpflichten», sagte er. «Wenn du meinst, dich uns nicht anschließen zu sollen, brauchst du es mir nur zu sagen, und das einzige, um was ich dich bitte, ist, daß du das Geheimnis für dich behältst. Du kennst mich: Ich bin kein Kommunist, und ich halte nichts davon, andere zu erpressen; wenn deine Antwort also nein ist, werde ich dennoch weiterhin dein Freund sein. Möglicherweise möchtest du mir einige Fragen stellen, bevor du dich entscheidest, aber ich muß dich darauf hinweisen, daß ich unter Umständen nicht alle Fragen beantworten kann, weil ich dazu nicht befugt bin. Du wirst in den letzten Tagen in der Zeitung gelesen haben, daß es einige Wechsel an der Spitze des Generalstabs gegeben hat und daß General D**» (hier nannte Ataúlfo den Namen jenes Generals, dem man per Post Monokel zuzuschicken begonnen hatte) «überstürzt von einer Dienstreise ins Ausland zurückkehren mußte. Der verzweifelte Aktionismus eines zusammenbrechenden Regimes ... Noch bevor drei Wochen vergangen sind, wird die Panzerdivision Brunete in Madrid einmarschiert sein, und die Fallschirmspringerbrigade von Alcalá de Henares wird zur gleichen Zeit die neuralgischen Punkte besetzen: die Fernseh- und Radiostationen sowie die wichtigsten Ministerien. Die Truppenbewegungen werden keinen Verdacht aufkommen lassen, denn wie du sicher bemerkt hast, haben die Zeitungen in den vergangenen Tagen wie üblich den Zeitpunkt des Beginns der kommenden Manöver bekanntgegeben ...»

«Und die Guardia Civil?» stieß ich hervor.

«Sie wird sich absolut neutral verhalten, so wie 1931. Hast du gewußt, daß Franco mit dem Gedanken gespielt hat, sie aufzulösen? Vergangene Woche gab es eine Zusammenkunft mit dem Befehlshaber. Sie sorgen für Ordnung und stellen keine anderen Bedingungen als die, die Kommunisten kurzzuhalten. Erinnerst du dich noch an eine Villa in der Arturo Soria, wo ich dich einmal hinbestellt habe und du geklingelt hast, ohne daß dir jemand öffnete? Wir begannen dort gerade die Verhandlungen mit Generalleutnant A** T**.» (Hier nannte Ataúlfo einen anderen Namen, den zu nennen selbst heute noch, nach so vielen Jahren, zu gewagt wäre.) «Das Treffen zog sich über die Maßen hin, und als du auftauchtest, befand sich der General noch in der Villa ...»

«Ich habe einen Hund bellen hören. Er bellte sehr laut und kratzte an der Tür.»

«Das war einer der Dobermänner des Generalleutnants ...»

Aber wie war es möglich, fragte ich, daß eine Organisation wie die FAI, die sich immer geweigert hatte, mit der Bourgeoisie zu paktieren, wie mir

Ataúlfo selbst oft genug erklärt hatte, jetzt einen Pakt mit den schwärzesten Elementen des franquistischen Unterdrückungsapparates und sogar mit der katholischen Kirchenführung schloß, denn er sagte mir, daß sich auch einige der herausragenden Kirchenvertreter an der Verschwörung beteiligten: Die Diktatur gehöre abgeschafft, antwortete Ataúlfo, und die intelligentesten Köpfe unter den Militärs und den Kirchenoberen seien sich bewußt, daß dies schnell geschehen müsse, da sie sonst das ganze Land mitrisse in Ordnungslosigkeit und Chaos, vielleicht sogar in einen neuen Bürgerkrieg, wie er möglicherweise schon bald in Portugal ausbreche, wenn die Kommunisten sich an die Macht putschten ...

«Habt ihr die Kommunistische Partei miteinbezogen?»

«Niemand darf ausgegrenzt werden», Ataúlfo gab seiner Stimme einen großherzigen Ton. «In weniger als einem Monat wird eine Übergangsregierung zu verfassungsmäßigen Wahlen nach dem Sommer aufrufen. Die Kommunisten können sich wie jede andere politische Kraft, die die demokratischen Grundregeln akzeptiert, daran beteiligen.»

«Und wird die Republik ausgerufen?» fragte ich ängstlich, denn damals gab es selbst unter den Linken welche, die einer monarchistischen Restauration nicht allzu ablehnend gegenüberstanden.

«Aber natürlich», Ataúlfo erhob sein Whiskyglas und stieß gutgelaunt mit mir an. «Die Dritte Spanische Republik.»

In der Abenddämmerung

ging ich von Glücksgefühlen und vom Whisky berauscht zur Pension zurück, atmete mit der warmen Luft beinah schon die künftige Freiheit, war überwältigt und erregt von der frisch übernommenen Verantwortung, die mich zwingen würde, da war ich mir sicher, meine Furcht zu überwinden und mich weiter vorzuwagen, als ich es je für möglich gehalten hätte, und mich von Ehrlosigkeit und Feigheit endgültig loszusagen. Ataúlfo hatte in aller Eile aufbrechen müssen, nachdem er von einer Zelle aus telefoniert und sich anschließend dafür entschuldigt hatte, mir nicht sagen zu können, mit wem. Er forderte mich auf, mein Leben ganz normal weiterzuführen, ihn nicht mehr zu Hause anzurufen, und wenn ich Anweisungen erhielte nicht vom Telefon in der Pension zurückzurufen, sondern von einem öffentlichen Apparat, von dem ich nie öfter als zweimal hintereinander telefonieren dürfe. Für die unmittelbare Zukunft bestand meine einzige Aufgabe darin abzuwarten: Ich sollte stets darauf vorbereitet sein, zu einem Treffpunkt zitiert zu werden, ohne Fragen zu stellen, und gegebenenfalls Umschläge zu transportieren, über deren Inhalt ich nichts wissen durfte. Vielleicht werde man mich im geeigneten Augenblick auffordern, als Bindeglied zu den Studentenführern der Fakultät zu fungieren … Letzteres versetzte mich in große Besorgnis, vergiftete mich wieder mit der altbekannten Angst zu versagen, denn von den Studentenführern kannte ich keinen einzigen, obwohl ich, um mich anzubiedern, gelegentlich vor Ataúlfo mit meinen freundschaftlichen Beziehungen zu diesen Kreisen geprahlt hatte, und falls er mich bäte, sie mit ihm bekannt zu machen, würde ich in eine ähnliche Klemme geraten wie Sancho Pansa, als Don Quijote ihn aufforderte, ihn zum Palast der Dulcinea von Toboso zu geleiten.

Meine erste Nacht als Verschwörer verbrachte ich fast gänzlich im Wachzustand, wälzte mich im Dunkeln hin und her, knipste das Licht an, als mich die Schlaflosigkeit schier verzweifeln ließ, und versuchte ein kleines Radio, das Ramonazo besaß, auf Radio Paris oder Pyrenaica einzustellen. Die Wirkung des Whiskys ließ zur gleichen Zeit nach, wie der Hunger heftiger wurde und mit ihm die fiebernden Fiktionen der Einbildungskraft. Panzerwagen, rote und republikanische Fahnen loderten wie Flammen über den Menschenmassen, Hymnen, alle Hymnen, die dreißig Jahre lang verboten waren, klangen aus allen Radioempfängern, die Internationale, Auf die Barrikaden, die Hymne von Riego, und verschmolzen einstweilen mit den Hitzewallungen meiner Schlaflosigkeit. Es war möglich, daß Ataúlfo trotz seines verstockten anarchistischen Desinteresses an der Politik auf einen wichtigen Posten berufen wurde, als Justizminister oder Generalstaatsanwalt, und daß ich als sein Gehilfe oder Sekretär in die privilegierte Situation käme, bei historischen Ereignissen anwesend zu sein, mit einem Schlag die Sorte von Journalist wäre, die ich immer sein wollte, ein neuer John Reed, der von den Tagen berichtete, die schon bald die Welt erschüttern würden. In dieser Nacht, in dieser endlos dauernden Morgendämmerung, in der mich das erste Licht des Tages mit offenen Augen überraschte, rangen in mir Bedrängnis und Schrekken miteinander, eine ähnliche Empfindung, wie sie zu jener Zeit sexuelle Hoffnungen in mir hervorriefen. Es gelang mir einzuschlafen, als die Frühaufsteher unter den Pensionsgästen bereits auf dem Flur lärmten, und nach einem Schlaf, der mir so kurz wie ein Wimpernschlag vorkam, schreckte mich das Klingeln des Telefons auf, das in den Tiefen des Hauses läutete, mich aber hochfahren ließ, als schrille neben mir ein Wecker. Man ruft mich, dachte ich, noch halb im Schlaf, es ist Ataúlfo oder einer seiner Komplizen, der mich auf eine vielleicht hochgefährliche Mission schicken will, die ich nicht verweigern kann, einen Brief an einen Ort zu bringen, der von Polizei umstellt war, als Lockvogel zu fungieren, auf der Toilette eines Cafés ein Paket zu deponieren, in dem sich eine Bombe befand ... Die Schritte der Pensionswirtin näherten sich auf dem Flur: Vor meiner Tür würde sie stehenbleiben und mit der ihr eigenen Diskretion anklopfen, daß die Tür beinah aus dem Rahmen fiel, und mir sagen, da sei ein Telefongespräch für mich.

Das tat sie. Ich sprang aus dem Bett und warf mir hastig das erstbeste über, weil ich fürchtete, am anderen Ende der Leitung könne gerade dann aufgelegt werden, wenn ich den Apparat erreichte. Das Telefon stand im entferntesten Winkel des Korridors in einem Nebenzimmer, in dem die Pensionswirtin mit ihrer Familie und Pensionsgästen zusammen vor dem Fernseher zu hocken pflegte. Der Hörer hing vom Telefontischchen herab, baumelnd, wie in diesen Filmen, in denen ein angeregtes Telefongespräch durch einen Messerstich oder einen Schuß unterbrochen wird. Beinah zitternd hob ich ihn hoch und murmelte in einem absurden Vorsichtswahn, als ob man meine Stimme nicht erkennen dürfe, ein unhörbares «Hallo», und mir zerriß es schier das Trommelfell von Ramonazos mörderischem Pfiff, mit dem er eine weitere seiner sagenhaften Fähigkeiten vorführte, die er angeblich gelernt hatte, als sein Vater ihn, noch bevor er ihn in die Mechanikerlehre steckte, zum Hirtenjungen machte.

«Mensch, Alter, wach langsam auf, es ist zwölf Uhr mittags!» Zusammen mit dem stechenden Schmerz des Pfiffs weckte Ramóns polternde Stimme mich nun vollends auf, versetzte mich zu gleichen Teilen in einen Zustand der Erleichterung und der

Enttäuschung. «Hör zu, Student, ich rufe aus Parla an, willst du nicht herkommen? Wir haben hier die Autoscooterbahn aufgebaut, es gibt jede Menge zu feiern, und da ich bei einem aus unserem Dorf wohne und im Haus noch Betten frei sind, haben wir uns gedacht, dir täte es vielleicht ganz gut, die Bücher mal beiseite zu legen und dich unters Volk zu mischen. Und nur zu deiner Information: Die Weiber hier, die hauen dich um ...»

«Ich würde ja gerne, aber ich kann nicht, Ramón», sagte ich in einem Tonfall, der entschlossen, aber auch bedeutungsvoll klingen sollte, da ich unfähig war, nicht wenigstens ein winziges Zipfelchen von meiner neuen Verantwortung als Geheimnisträger durchscheinen zu lassen. «Ich habe wichtige Dinge zu erledigen.»

«Hoffentlich kein Treffen eurer studentischen Gesangsgruppe ...»

«Bitte, Ramón, bedränge mich nicht.» In Wirklichkeit hatte Ramón mich gar nicht bedrängt. «Selbst wenn ich wollte, ich könnte dir nichts sagen.»

Ich hielt es für klüger aufzulegen. Es war Freitag vormittag. Keine drei Wochen mehr bis zum Staatsstreich. Ich stellte das Radio an: seichte Liedchen aus der Hitparade, Werbung für Kühlschränke und Möbel, Bekanntmachungen von offiziellen Eröffnungen und Audienzen im Pardo-Palast bei Seiner Exzellenz dem Staatschef, oder Seiner Exkremenz, wie Ataúlfo zu sagen beliebte. Das Aufregendste war, daß ein welterschütterndes Ereignis bevorstand und der äußere Anschein der Dinge nichts davon verriet: So mußte es in Portugal am Morgen des 24. April oder 1972 in Managua gewesen sein, wenige Minuten vor dem großen Erdbeben. Zum Frühstück aß ich ranzige Kekse mit Kondensmilch, und danach ging ich gleich hinunter, um die Zeitung zu kaufen. Eine Meldung auf den Seiten der Landesnachrichten ließ mich abrupt innehalten: Generalleutnant T**, derselbe, der sich mit Ataúlfo in einer Villa auf der Arturo Soria getroffen hatte, der Besitzer des Dobermanns, dessen Bellen und Kratzen ich an einem Märzabend gehört hatte, erklärte auf einem Festakt bei der Einweihung einer neuen Kaserne der Guardia Civil, er werde stets wissen, was seine historische Verantwortung von ihm verlange …

Hochmütig, beinah mitleidig dachte ich an die Neunmalklugen, die mit ihren spärlichen Bärten und den Büchern von Poulantzas und Roland Barthes unter dem Arm auf dem Campus herumliefen und sich als militante Intellektuelle gaben, dachte mit jener Blasiertheit an sie, mit der man sich einem exklusiven Geheimclub zugehörig weiß; mir fielen die alten Freunde ein, die immer noch in meinem Dorf schmachteten und nicht einmal ahnten, was ich wußte, wie nahe das Ende der Diktatur war, gerade jetzt, da es keinerlei Hoffnung zu geben schien, und ich hatte große Lust, sie alle anzurufen, ihnen anonyme Botschaften zu schicken, die sie zum Durchhalten ermunterten. Mit etwas schlechtem Gewissen kamen mir plötzlich meine Eltern in den Sinn, an die ich seit Tagen nicht mehr gedacht hatte und die sehr leiden würden, wenn alles begänne, da sie fürchteten, wie sie immer fürchteten, daß mir etwas zustoßen könne, daß ich, gedankenverloren, wie ich war, in Schießereien und blutige Aufstände verwickelt werden könnte, wie sie sie selbst bei Ausbruch des Krieges erlebt hatten. Es war möglicherweise meine Pflicht, sie von dem, was passieren würde, zu unterrichten, aber sicher war ich mir keineswegs, ich hatte niemanden, den ich zu Rate ziehen konnte, denn Ataúlfo durfte ich nicht anrufen ... Und wäre es nicht das Vernünftigste, auch meine Verlobte zu informieren?

Aber ich hatte versprochen, ein Geheimnis zu wahren. Ich kaufte eine Stange Brot und ein Viertel Mortadella unten im Lebensmittelladen und schmierte mir in meinem Zimmer ein Schnitte. Während ich aß, während ich wartete, wie ein Wachtposten, der trotz augenscheinlicher Normalität nie in seiner Wachsamkeit nachläßt, roch ich die Essensdüfte, die durch den Lichtschacht heraufstiegen, hörte die Tischgespräche, die Geräusche von Wasser und Geschirr in den Abwaschbecken und die überall gleichen Nachrichten aus den Radios. Jedesmal, wenn das Telefon klingelte, zuckte ich zusammen. Doch es war Freitag nachmittag, die Pension leerte sich allmählich, und je näher die Dämmerung kam, desto stiller wurde es. Mein Fenster stand offen, und trotz der Gerüche von Abfluß und altem Bratfett, die am Ende des Tages hereindrangen, nahm ich auch jene belebende Lauheit wahr, die die Mailuft mit sich bringt.

Ich versuchte zu lesen und schaffte es nicht. Ich holte meine Schreibmaschine aus dem Kleiderschrank und begann einen Brief an meine Verlobte, kam jedoch über die erste Zeile nicht hinaus und fand auch keine ausreichend deutliche Umschreibung, mit der ich ihr behutsames Abwarten nahelegen konnte, so subtil zudem, daß außer ihr niemand die Botschaft erriet: *historische Ereignisse kündigen sich an*, oder auch, *worauf wir so lange warteten, bald wird es eintreten*, etc. Würde ein Brief aber nicht viel zu lange dauern, bis er ankäme, und setzte ich durch mein Schweigen meine Verlobte nicht einer schrecklichen Gefahr aus, da ihr Vater doch ein wichtiges Mitglied von Francos Leibwache war und sein Haus im Durcheinander des ersten Tumults durchaus überfallen werden konnte? Ich rupfte das Blatt aus der Schreibmaschine, riß es in winzige Stücke und spülte sie in die Toilette, dann ging ich ins Nebenzimmer, um sie anzurufen. Ihre Eltern hielten unsere Verbindung damals für ein Unglück, so daß ich so gut wie nie bei ihr zu Hause anrief. Der kleine Raum lag im Halbdunkel, man hörte über die ganze Flucht der Zimmer und Korridore keinen Menschen. Ich besaß noch ein paar Telefonmünzen und fragte mich, ob sie mir genügend Zeit geben würden, meine Verlobte zu warnen, und ob ich nicht eine Leichtsinnigkeit beging, von der Pension aus zu telefonieren.

Das Telefon schrillte jedoch gerade in dem Moment, als ich zum Hörer greifen wollte. Eine Frauenstimme mit fast unmerklichem ausländischem Akzent fragte nach Ramón. Ich sagte, er sei in Parla und käme am Montag zurück, und als ich auflegte, sah ich das Zwielicht in diesem altväterlichen Zimmerchen um mich herum, und das ganze Gewicht der Einsamkeit eines Freitagabends in einer leeren Pension, in einer viel zu großen und viel zu fremden Stadt sank auf mich herab, und ich vermißte meinen Freund so sehr, daß ich große Lust bekam, auf die Straße zu laufen und einen Bus zu nehmen, der mich zu ihm brächte, damit wir uns auf der Fiesta von Parla gemeinsam die Bäuche mit Cuba libre und marokkanischen Spießchen füllten und uns die drallen leichten Mädchen anschmiegsam machten, wie er es ausdrückte, die bis spätnachts an der Autoscooterbahn herumlungerten ... Aber ich hätte es mir selbst nie verziehen, wenn in dieser Nacht Ataúlfo angerufen und mich nicht in Bereitschaft gefunden hätte, eine Mission zu übernehmen, und sei sie noch so bescheiden oder mochte sie mir noch so riskant erscheinen.

Zum Abendessen aß ich wieder Kekse und Kondensmilch. Ich schlief ein, während ich auf dem Bett lag und die Nachrichten von Radio Paris hörte, denen ich, so aufmerksam ich auch lauschte, nichts Ungewöhnliches entnehmen konnte. Der Samstag zog regnerisch und mit dieser ungastlichen, beinah strafenden Trostlosigkeit herauf, die der Einbruch schlechten Wetters im Mai immer mit sich bringt. Madrid war dann wieder von dieser Gräulichkeit der Wolken, der Autoabgase, des düsteren Granits der Kirchen und der franquistischen Gebäude, demselben eintönigen Grau wie die Polizeiuniformen, die Metallschränke in den Büros oder die Anzüge eines senilen väterlichen Greises, wie General Franco sie trug. Meine Reserven an Kondensmilch und Keksen gingen zu Ende, und ich mußte die Pension verlassen, wenn ich nicht an Entkräftung zugrunde gehen wollte oder an dieser eigenartigen Melancholie des Magens und der Seele, die sich einstellt, wenn man viele Tage lang nur Brot und Konserven gegessen hat und dabei feststellen mußte, daß sich trotz aller Vorsicht noch Brotkrümel und heimtückische Fettflekken in den Büchern finden.

Ich sagte mir, der Tag sei nun einmal, wie er sei, und ging zum Frühstücken in die Cafetería Yale, wo ich jenen Kommilitonen aus meinem Heimatort wiedertraf, der Sprachen studierte. Ich hatte seit ungefähr achtundvierzig Stunden mit keinem Menschen gesprochen und reagierte zunächst nicht, vernahm dann meine Stimme, die so barsch klang wie die Stimmen von Gehörlosen. Mein Realitätssinn war so verwirrt, daß ich, als er mich nach Ataúlfo fragte, dachte, er tue dies mit Hintergedanken und blicke mich auch auf eine merkwürdige Art an, so als argwöhne er das Verschwörungsgeheimnis. Waren die Fakultäten nicht voll von Spitzeln? Ich antwortete trocken, ich sähe Ataúlfo kaum noch, und ging dann, nachdem ich die Handbewegung vom letzten Mal wiederholt hatte, jene Geste, langsam genug zur Brieftasche zu greifen, daß er Zeit fand, mich aufzuhalten. «Komm, laß, du bezahlst ein andermal», sagte er in seiner unerträglichen Großspurigkeit, «und grüße Ataúlfo von mir.»

Hatte ich ihm nicht gesagt, wir sähen uns kaum? Warum dann dieses «grüße Ataúlfo», dieses Lächeln, als glaube er mir kein Wort? Man konnte nicht vorsichtig genug sein: Überall, an jedem Ort konnte Gefahr lauern, und ein einziger falscher Schritt, ein Wort zuviel genügte, und der Aufstand wäre auf verhängnisvolle Weise gefährdet. Auf der Suche nach einem schützenden Ort kehrte ich zur Pension zurück, niedergedrückt von der Verantwortung, die Ataúlfo auf meine Schultern geladen hatte, unsicher, ob ich die Kraft besaß, sie zu tragen, ob ich der Freundschaft dieses Mannes würdig war. An der Tür wurde mir fast übel von dem kompakten Geruch der Schinken und Würste aus dem Feinkostgeschäft. Ich rannte die Treppen der drei Stockwerke hinauf, weil irgendwo ein Telefon schellte. Nach Luft ringend öffnete ich die Tür zur Pension, und das Telefon hatte nicht aufgehört zu klingeln. Die Wirtin, eine rundliche, blonde, sehr nette junge Dame aus Asturien (die Flure und das Nebenzimmer waren mit Souvenirs aus Asturien geschmückt), sagte mir, das Gespräch sei für mich.

«Da sieht man mal, Sie sind eine richtig wichtige Persönlichkeit geworden; bekommen mehr Anrufe als ein Minister.»

Diesmal vernahm ich tatsächlich Ataúlfos Stimme, nicht so klar und unbekümmert wie sonst, sondern sehr vorsichtig jetzt, als hielte er seine Hand über die Sprechmuschel. «Nimm ein Taxi», sagte er ohne Umschweife, «komm gleich zu mir in die Wohnung.»

An diesem öden, regnerischen Samstagmorgen herrschte nur wenig Verkehr. In knapp einer Viertelstunde war ich in der Calle Quintiliano. Am Fenster von Ataúlfos Arbeitszimmer bewegte sich eine Gardine: Offenbar erwartete er mich dringend. Auf dem Treppenabsatz, noch bevor ich den Klingelknopf drückte, vernahm ich Schreie, die sich wie die Klagelaute eines Tieres anhörten. Es war ein Weinen, wie ich es noch nie gehört hatte, kein Schluchzen, sondern ein brutales, herzzerreißendes Geheul, wie von einer Wahnsinnigen, als werde der Frau, die dort schrie, ein Messer in den Leib gestoßen und die schartige Klinge dann ungeschickt und unaufhaltsam herumgedreht. In meiner Familie weinten die Frauen auch, aber sie weinten nicht so. Manchmal artikulierten sich die Schreie zu einem Wort, das ich, auf der anderen Seite der Tür, nur mit Mühe verstehen konnte. «Lüge», hörte ich, «Lüge, alles nur Lüge und nichts als Lüge.» An einem sehr viel leiseren und beständigeren Ton erkannte ich Ataúlfos Stimme, aus der sich aber kein Wort herausbilden ließ.

Dann war es still, und ich klingelte. Die Tür wurde augenblicklich geöffnet, und Ataúlfo, ungekämmt und ohne Brille, füllte den ganzen Türrahmen aus, als wolle er nicht, daß ich von drinnen gesehen werde, drückte mir einen Umschlag und zwei Tausendpesetenscheine in die Hand, und weniger als eine Sekunde später hatte er die Tür wieder geschlossen, ohne mir ein Wort zu sagen. Wie diese weißen Lichter, die man sieht, wenn man die Augen schließt, glaubte ich, am Ende des Flurs Ataúlfos Frau gesehen zu haben.

Auf dem Umschlag hatte er mit der Hand den Namen einer Frau und eine Adresse geschrieben: die eines Clubs auf der Rückseite der Gran Vía, erinnerte ich mich, wo Ataúlfo und ich einige Male spätnachts gelandet waren, wo er hinter einem Vorhang zu verschwinden und nach einer oder einer dreiviertel Stunde zurückzukehren pflegte, frisch gekämmt und nachdenklich, und später, auf dem Heimweg im Taxi, schweigend an seiner Zigarette ziehend. Doch ich hatte versprochen, Befehle auszuführen und keine Fragen zu stellen. Wieder fuhr ich mit dem Taxi durch die fast menschenleere Stadt, und die umliegenden Straßenecken im Auge haltend, klopfte ich an die Tür des Clubs, die zu dieser morgendlichen Stunde unter dem grauen Nieselregen so deprimierend und abweisend wirkte wie eine Metalltür. Unglaublich, daß sie nachts diesen weichen Glanz ausstrahlte, einem vorkam wie umwogt vom diesigen Licht einer Laterne. Mir öffnete ein hemdsärmeliger Mensch, der nicht einmal entfernt wie ein Totschläger aussah. Wer käme schon auf den Gedanken, dachte ich verwundert, daß dieser Ort, der Club *Azur*, eines der Zentren der antifranquistischen Verschwörung war.

Ich fragte nach der Dame, von der mir heute nur noch der Vorname in Erinnerung ist, Nati. Er fragte mich, wer das wissen wolle: ein Freund, antwortete ich, unsicher, ob ich Ataúlfos Namen nennen sollte oder nicht, und da der Mann mich mit einem mißtrauischen Schimmer in den Augen von oben bis unten musterte, fügte ich hinzu: ein anwaltlicher Freund. Er ließ mich in einen engen Innenhof eintreten, in dem eine rostige Sprungfedermatratze stand sowie ein Stapel gefalteter, vom Regen aufgeweichter Kartons, ließ mich dann vor einer Art Altbauportal ein paar Minuten warten, während ich ihn mit leiser Stimme sprechen hörte, die einzelnen Sätze von Intervallen der Stille unterbrochen, als spreche er in ein Telefon. Er kam zurück und sagte: «Du kannst hinaufgehen. Zweiter Stock rechts.» Heute, nach so vielen Jahren, ist Madrid für mich auch dies: die Erinnerung an Altbauten mit schattendunklen Eingängen, mit gebeizten oder rohen Treppenstufen aus nacktem Holz, ausgetreten, mit einem tiefen Geruch von Feuchtigkeit und Gemischtwarenladen. Die Farbe Grau, die Torwege, die heiße Luft aus den Schächten der Metro.

Die Tür im zweiten Stock rechts war sehr hoch und in einem glänzenden Dunkelgrün gestrichen. In der Höhe meiner Augen befand sich ein Guckloch aus Messing. Ein noch sehr junges Mädchen, das sich die Hände an einer weißen Schürze trocknete, öffnete mir und führte mich über einen langen Flur in ein stickiges, blaudekoriertes Zimmer ohne Fenster, mit blauen Vorhängen, grellblauem Teppichboden, Tapeten mit blauen Rauten und Filigranen, die wechselnde optische Wirkungen hervorriefen, einem blauen, längs der Wände verlaufenden Diwan, schaumig und synthetisch wie die in den Nachtclubs. Es gab auch einen Barschrank, in dem Flaschen aus geschliffenem Kristall unter der hellen, indirekten Beleuchtung glänzten, sowie einen Aschenbecher mit einem goldenen Kopf wie dem von Don Quijote und ein Zigarettenbehältnis in Form eines Barbierbeckens.

Das Mädchen bat mich, Platz zu nehmen, und ließ beim Hinausgehen die Tür, an der ein mannshoher Spiegel angebracht war, halb offen. Ich sah mich im blauen Schaum des Diwans versinken, versuchte aufrecht zu sitzen und die Knie zusammenzuhalten, mit Ataúlfos Umschlag in den Händen, mager und blaß, mit diesen absurd langen und buschigen Koteletten, die mich auf Fotos aus jener Zeit heutzutage so erstaunen.

Ich sah mich nur wenige Sekunden. Dann, nach einem kurzen Klappern hoher Absätze, verschwand der Spiegel, und vor mir stand die schönste Frau, die ich je in meinem Leben gesehen habe. Inzwischen sind zwanzig Jahre vergangen, aber an meiner Behauptung hat sich nichts geändert. Die Frau war sehr groß, was durch die Plateauabsätze, die man damals trug, noch betont wurde, ihr Haar war glatt und lang und so schwarz, daß es bläulich glänzte, die Wimpern so lang, daß ich jetzt im nachhinein erst begreife, daß es sich um künstliche Wimpern handelte, ihre vollen Lippen waren in einem hellen Rosa geschminkt, und ihre Vorderzähne standen etwas auseinander. Sie trug einen blauseidenen Hausmantel, der, von einem Gürtel in dunklerem Blau gehalten, sich eng an ihre Hüften schmiegte, und ein Instinkt, der meinem Wissen voraus war, sagte mir, daß unter der blauen Seide nur ihre Haut war.

Sie reichte mir die Hand und zeigte lächelnd ihre auseinanderstehenden Zähne: Nicht ohne Mühe erhob ich mich, um die ausgestreckte Hand zu drükken. Ich gab ihr den Umschlag, den sie vor meinen Augen aufriß, und während sie Ataúlfos Brief las, warf sie mir einen flüchtigen Blick zu, als schätze sie ab, ob ich den Inhalt kannte. Ich beobachtete, wie sie das Blatt beim Lesen so hielt, daß möglichst viel

Licht darauf fiel, und wie sie langsam die Lippen bewegte, während sie mit murmelnder Stimme die Worte las. Als sie den Brief gelesen hatte, steckte sie ihn nachlässig ein, ohne sich die Mühe zu machen, ihn in den Umschlag zurückzutun.

«Ist das alles?» fragte sie und blickte mich mit ihren großen kurzsichtigen und unter den langen Wimpern etwas feuchten Augen fest an.

«Das ist alles», sagte ich und fügte ohne besonderen Grund hinzu, «für heute.»

Sie rief nicht nach dem Mädchen. Sie geleitete mich selbst über den langen Korridor, und so nah neben ihr vernahm ich das leise Rascheln der Seide auf ihrer Haut. Sie öffnete mir die Tür, ich trat auf den Treppenabsatz hinaus, wandte mich um, um mich von ihr zu verabschieden, und erstarrte wie vom Blitz getroffen den denkwürdigsten Sekundenbruchteil meines achtzehnjährigen Lebens. Ihr Gürtel hatte sich gelöst, und sie stand nackt vor mir, nackt und mit zerlaufender Wimperntusche auf den Wangen. Hinterher erfuhr ich – Ataúlfo erzählte es mir, als ich das letzte Mal mit ihm telefonierte –, daß eine knappe Stunde nachdem ich das Haus verlassen hatte die Polizei bei ihr erschienen war, sie aber den Brief bereits verbrannt und die Asche zerrieben hatte.

kam Ramonazo zurück. Er war gebräunt und energiegeladen, das leichte Sommerhemd trug er wie ein Legionär über der behaarten Brust offen, er war noch dicker geworden, gestärkt von der Arbeit an der frischen Luft, mit Spuren schwarzen Schmierfetts an den Händen wie zu seinen besten Mechanikerzeiten. Die Arbeit auf der Autoscooterbahn machte ihm Spaß, obgleich er mit den Vorstadtzuhältern, die sich dort herumtrieben, bös aneinandergeraten war, nichts Schlimmes, sagte er und brach in Gelächter aus, das wie ein triumphales Wiehern klang, in drei Minuten war alles erledigt gewesen, mit alleiniger Hilfe seiner Muskeln und eines Schraubenschlüssels, den er dabeihatte und nun hervorzog und auf den Tisch auf meine Papiere legte, als sei er ein ruhmreiches Schwert, ein Wahrzeichen des Primats körperlicher Arbeit über die kindischen Weichlichkeiten der Intellektuellen.

Beinah beneidete ich ihn um seine Unwissenheit. «Wenn er nur wüßte», sagte ich mir immer wieder, während ich ihn ansah, ihm zuhörte, wie er von seinen barbarischen Wonnen berichtete, der Zahl der Cuba libres, die er an einem Abend in sich hineingekippt hatte, wie er dem Zuhältertyp in Parla den Schraubenschlüssel ins Kreuz gedroschen hatte, wieviel Geld er verdient hatte und noch verdienen würde, denn in dieser Woche blieb die Autoscooterbahn in Madrid, auf einem Platz draußen in Aluche, aber ab dem fünfzehnten begann eine Tour durch den Norden, und über seinen Lohn hinaus hatte man ihm Verpflegung und Übernachtung in einem nagelneuen Wohnwagen angeboten, damit er auch weiterhin seine Doppelfunktion als Mechaniker und Aufpasser versah.

«Ich hab das große Los gezogen, Alter. Die Arbeit macht mir Spaß, und das Geschäft ist erste Sahne. Wenn ich mich richtig dahinterklemme, hab ich in ein paar Jahren meine eigene Scooterbahn, und dann rollt der Rubel, das kannst du mir glauben.»

«Du willst sie nicht kollektivieren?»

«Gar nicht nötig. Eine Autoscooterbahn ist kein Produktionsmittel. Schon mal daran gedacht, du sozialfaschistischer Theoretiker, du moskauhörige Marionette? Das Dumme ist nur, daß die Tour nächste Woche beginnt und ich dann das Zimmer aufgeben muß.»

«Ich an deiner Stelle würde keine großen Zukunftspläne schmieden.» Meine Gelegenheit war gekommen, und ich nutzte sie: Ich hielt Ramóns fragendem Blick wortlos stand.

«Was meinst du damit?» Er hatte Angst. Ich merkte, daß er fürchtete, ich könne ihm sagen, sein Vater komme, um ihn aus Madrid fortzuholen. Damals war man erst mit einundzwanzig Jahren volljährig.

«Nichts Bestimmtes, beruhige dich», sagte ich,

entschlossen, mein Geheimnis nicht zu verraten, sosehr mein Freund mich auch bedrängte.

Zu meiner Enttäuschung vergaß Ramonazo meine Andeutung aber sogleich, so voller Begeisterung war er. Ich hatte mir vorgenommen, unbeugsam zu schweigen, falls er weitere Fragen stellen sollte, doch er fragte gar nicht, und ich war etwas ärgerlich, da Ramón offenbar an nichts anderes mehr dachte als an das sagenhafte Geschäft mit den Autoscootern. Er zog ein Bündel Geldscheine aus seiner Gesäßtasche, befeuchtete seinen rechten Daumen und blätterte zwei gleich hohe Häufchen hin, von denen er eines zu mir hinüberschob.

«Alles wird geteilt, wie in den Kommunen: absolute Gleichheit.» Er streckte mir die Hand hin, ich schlug ein, und schon spürte ich, wie er sie mir lachend zusammendrückte: «Dir fehlt wirklich eine Saison auf den Zuckerrohrfeldern ...»

Wir gingen in ein galicisches Restaurant in der Calle Toledo, das Ramonazo sehr schätzte. Wir tranken eine ganze Flasche Rotwein, wie damals in unserem Dorf, als wir im *Hier bin ich und hier bleib ich* waren, aber ich glaube, daß trotz des Weines und meiner fatalen Charakterschwäche, die ich ja bereits erwähnte, die Schuld an meiner unverzeihlichen Indiskretion den Olivenschnaps traf, ein höllisch brennendes Gesöff, mit dem Ramonazo auf unsere Freundschaft und die Erfüllung unserer Träume anzustoßen beharrte, danach auf die Revolution und sogar auf die Fußballmannschaft unseres Dorfes, und das war der Augenblick, in dem ich nicht mehr an mich halten konnte und ihn fragte, ob er ganz sicher sei, ein Geheimnis wahren zu können und niemandem, absolut niemandem, weiterzusagen, auf keinen Fall und unter keinen Umständen, selbst wenn man ihn folterte, was ich ihm jetzt sagen würde. Er protestierte grollend, war beleidigt über mein Mißtrauen, trank seinen Olivenschnaps aus und klatschte in die Hände, um neuen zu bestellen, womit er, glaube ich, den schüchternden Galicier erschreckte, der uns bediente. Dann begann ich, vor Dankbarkeit über unsere Freundschaft schier zerfließend und so sicher, daß er ohne Zögern seine Hand für mich ins Feuer legen würde, erst ein paar geheimnisvolle Andeutungen zu machen und schließlich ihm alles zu erzählen, alles, was ich wußte, die Namen der Generäle, der Einheiten, die beteiligt sein würden, das Datum des Vorrückens der Panzerdivison auf Madrid, einfach alles, sogar Einzelheiten, die Ataúlfo mir gar nicht verraten hatte, über die ich aber Mutmaßungen anstellte, wie zum Beispiel, welche Stellung er als Generalsekretär der anarchistischen Kräfte im Führungskomitee der Aufständischen genau innehatte. Ich gab meinem Affen richtig Zucker, wie man wohl sagt, doch es half alles nichts, meine Enthüllungen machten auf Ramonazo nicht mehr Eindruck als die Höhe des Turms von Madrid.

«Das ist ja grauenhaft, eine Falle der Bourgeoisie

und der staatlichen Unterdrückungsorgane», stellte er unwiderruflich fest und blies mir dabei eine Rauchwolke ins Gesicht, aber nicht von kurzen Celtas, sondern von Marlboro, denn die unternehmerische Vorfreude hatte eine bemerkenswerte Vorliebe zu hellem amerikanischem Tabak in ihm geweckt. «Wenn ihr mit den Banken, mit der Armee, mit der Kirche und mit den Monopolen paktiert, begeht ihr Verrat an der Arbeiterklasse, übergebt sie an Händen und Füßen gefesselt den konterrevolutionären Kräften. Einfach widerlich, Alter. Das hätte ich nicht von dir gedacht.»

«Aber dann kommt die Republik», argumentierte ich untröstlich und sah mich in den Augen meines Freundes schon vom revolutionären Kämpfer zum reaktionären Ministranten degradiert. «Es wird freie Wahlen geben.»

«Eine bürgerliche Republik», sagte Ramón und verzog angewidert das Gesicht. «Denk an Lenin: Freiheit, wofür?»

Ich muß gestehen, daß mir darauf keine Antwort einfiel. Es gibt Menschen, die werden geboren, um zu widersprechen, so wie es Menschen gibt, die geboren werden, um zuzustimmen, und ich gehöre zu den letzteren. Ich kann keine Widerrede führen, nicht weil es mir an Mut gebricht und ich fürchte, die anderen könnten sich über mich ärgern, sondern weil ich wirklich nicht weiß, wie ich es anstellen soll. Es war spät geworden, und wir saßen allein in dem galicischen Restaurant, an dessen Decke etwas speckige Fischernetze hingen, die Tische waren aus braunem Resopal mit karierten Tischdecken, auf denen jeweils eine Wasserkaraffe aus blau angemaltem Zinn stand. Ramonazo blickte auf seine Uhr (er hatte sich eine voluminöse Digitaluhr gekauft, hundert Prozent wasserdicht, erklärte er) und sagte, er müsse gehen, er sei mit seiner maoistischen Freundin verabredet, und sie wollten zum Palace Hotel gehen, um am provisorischen Sitz der chinesischen Botschaft Bücher, Zeitschriften und Halstücher mit den Bildern von Marx, Engels, Lenin, Stalin und Mao zu ergattern. Am Markt der Puerta de Toledo verabschiedeten wir uns ohne besondere Herzlichkeit voneinander, und Ramonazo, der zu Fuß weitergehen wollte, fühlte sich verpflichtet, mir die genaue Fahrstrecke zu erklären, die ich bis zur Plaza de España zurückzulegen hatte, wobei er weder das Umsteigen an der Sol vergaß noch die Namen aller Stationen, durch die ich käme, wenn ich mich nicht verführe.

«Laß dir nicht einfallen, irgendwem irgendwas zu erzählen», bat ich ihn noch einmal sehr ernsthaft. «Sosehr du deine Freundin liebst, Ramón, sage ihr bitte nichts.»

Er schwor mir wieder, kein Wort komme über seine Lippen, und gab mir einen beruhigenden Klaps auf die Schulter, bevor er sich auf den Stufen der Metro von mir trennte, doch selbst ich, der ich sonst alles glaube, merkte mit einem Blick in Ramonazos Augen, daß er keine halbe Stunde brauchen würde, um alles zu erzählen, was ich ihm erzählt hatte, und es niemand anderem als einer fanatischen Maoistin erzählen würde, vielleicht sogar den Mitgliedern einer Zelle von Leuten, die das *Rote Buch* Maos lasen und, von Maximalismus vergiftet, zweifellos alles daransetzen würden, die Revolution zu sabotieren, indem sie mit krimineller Blindheit, mit einer ebenso selbstmörderischen Verantwortungslosigkeit wie die extreme Linke in Chile argumentierten, die bürgerliche Demokratie sei ein Verrat an den Interessen der Arbeiterklasse. Ich lief durch die Tunnelgänge der Metro wie diese Leute mit den gesenkten Köpfen und dem stieren Blick, die mir vor allem während meiner ersten Zeit in Madrid aufgefallen waren, ohne meine Umgebung wahrzunehmen, erschrocken, reumütig, ärgerlich auf mich selbst, Verwünschungen murmelnd und am liebsten ungeschehen machen wollend, was nicht mehr zu ändern war, die Uhr um eine Stunde zurückstellen, um meinen Vertrauensbruch, meine unverzeihliche Schwäche zu korrigieren, den Beweis, daß ich es nicht verdiente, ein Geheimnis anvertraut zu bekommen, und daß jeder, der glaubte, etwas Wertvolles in mir zu entdecken, automatisch zur Enttäuschung verurteilt war. Ich dachte daran, Ataúlfo anzurufen und ihm irgendeine Geschichte aufzutischen, damit er die Verschwörer warnte, ohne meine Indiskretion preisgeben zu müssen, dachte daran, die Metro so schnell wie möglich zu verlassen und mit einem Taxi zum Palace zu fahren, bevor Ramonazo dort eintraf, ihn seiner Freundin unter dem erstbesten Vorwand zu entführen, damit er gar keine Gelegenheit bekam, mich zu verraten, falls er es nicht schon getan hatte, nicht in der ersten halben Stunde, sondern gleich in den ersten Minuten, am Telefon, um ihr alles brühwarm zu berichten …

In meinem Zimmer auf dem Bett liegend, verbrachte ich einen endlos langen, entsetzlichen Nachmittag, den Magen unerträglich schwer von salzigem Räucherschinken und den galicischen Bohnen, den Kopf noch umnebelt von der ungesunden Mischung aus rotem Wein vom Faß und niederschmetterndem Olivenschnaps, ließ mich allmählich einlullen von der Dunkelheit der Abenddämmerung. Mehrere Male raffte ich meine Kräfte zusammen, um aufzustehen und durch den langen Flur zum Nebenzimmer zu gehen, wo das Telefon stand, blieb jedoch jedesmal stehen, bevor ich es erreichte, und sagte mir, als Alibi, um mich wieder zurückziehen zu können, es sei besser, eine Telefonzelle auf der Straße zu suchen oder in die Cafetería Yale zu gehen, wo es einen öffentlichen Fernsprecher gab. Jede volle Stunde schaltete ich das Radio ein, um zu hören, ob in den Nachrichten vielleicht Massenverhaftungen gemeldet wurden. Um elf Uhr stellte ich Radio Paris ein, und von Mitternacht bis zwei Uhr morgens hörte ich unter Pfeifen und Störgeräuschen wie von einem Gewitter Radio Pyrenaica, aber weder auf dem einen noch dem anderen Sender wurde Außergewöhnliches berichtet, was mich ein wenig beruhigte, obwohl auch nicht sehr, denn es war ja möglich, daß das polizeiliche Netz unter maximaler Geheimhaltung zugezogen wurde, damit niemand entkam.

Ich verbrachte die Nacht schlaflos am Radio. Daß Ramonazo nicht nach Hause kam, konnte ein schlechtes Zeichen sein. Ich löschte das Licht, schloß die Augen, glaubte gleich einzuschlafen, so müde wie ich war, so schwer meine Lider waren, mein ganzer Körper, doch dann sah ich die Frau im blauseidenden Hausmantel vor mir, der ihr wieder auseinanderglitt wie die Vorhänge eines Theaters, die hohen, nach innen gewölbten Schenkel und den dichten Schatten des klar umrissenen Dreiecks, in dem sie sich vereinten, die dunkle Haut unter dem Flaum, die Vorwitzigkeit der großen weißen Brüste, einen Schritt vor meinen Augen, greifbar, die rosafarbenen Brustwarzen und das helle Blau einer durch das polierte Weiß der Haut scheinenden Vene. Infolge dieser Erinnerungen schlief ich erst nach fünf Uhr ein, fügte der politischen Schuld, die mich quälte, noch eine Portion Reue und sexuelle Scham hinzu. Als ich gegen elf erwachte, warf ich als erstes einen Blick auf Ramonazos Bett: Es war unberührt.

Ich mußte dringend handeln, mußte mich noch an diesem Vormittag mit Ataúlfo in Verbindung setzen. Um die Vorsichtsmaßnahmen aufs Äußerste zu treiben, ging ich bis zur Calle de San Bernardo, um dort von einem öffentlichen Fernsprecher zu telefonieren. Ataúlfos Telefon war unablässig besetzt, und ich wurde so nervös und wählte seine Nummer so oft, daß ich schließlich eine falsche wählte und voller Schrecken eine fremde Stimme vernahm, die mir sagte, dort gebe es keinen Ataúlfo, als seien er und seine ganze Familie verhaftet worden und als wolle man keine Spur seiner Existenz hinterlassen, so wie es das Militär scheinbar in Chile machte. «Ganz ruhig», sagte ich mir mit lauter Stimme, «nur nicht nervös werden.» Ich wählte Ataúlfos Nummer noch einmal, betont langsam, und diesmal fiel die Münze durch, unmittelbar danach vernahm ich die Stimme eines Kindes.

«Don Ataúlfo Ramiro, bitte», sagte ich förmlich, entschlossen, meine Identität nicht preiszugeben.

«Er ist nicht da», antwortete das Kind, aber ich hörte, daß es leise mit jemandem sprach, mit seiner Mutter zweifellos, die ihm Anweisungen gab. «Er ist verreist.»

«Kannst du mir sagen, wohin?» Der Fall war klar, Ataúlfo hatte fliehen müssen.

«Ins Ausland», diesmal antwortete Ataúlfos Frau, und ihre Stimme klang weniger zornig oder verbittert als widerwillig. «Er hat nicht gesagt, wann er zurückkommt.»

Ich fühlte mich verlassen: Vielleicht war ich ganz allein, und das Netz zog sich schon um mich zusammen. Um mir eine Pause zu gönnen, kaufte ich eine

Zeitung und ging in die Cafetería La Mallorquina an der Puerta del Sol, um sie zu lesen. Ich hatte gar nicht gemerkt, daß ich so weit gelaufen war. Die Cafetería war zwar sehr teuer, aber ich hatte großen Hunger und war im Besitz einer außergewöhnlichen Menge Geldes: der fast vollständigen zweitausend Peseten, die Ataúlfo mir gegeben hatte, als wir uns zum letztenmal sahen, sowie der Hälfte von Ramonazos Verdienst auf der Autoscooterbahn, die eintausendachthundert betrug. Ich ging in den Salon im ersten Stock und setzte mich an ein Fenster, von dem aus ich die Ecke der Calle Mayor und einen Flügel des Gebäudes der Geheimpolizei sehen konnte. In Stunden größerer Euphorie hatte ich mir Panzerwagen vorgestellt, die die Balkone des finsteren Gebäudes unter Beschuß nahmen, um der Folterer der Politischen Polizei habhaft zu werden, die schon bald genauso enden würden wie ihresgleichen von der PIDE in Portugal. Unter Qualmwolken und Geschützfeuer kämen die Zivilisten mit erhobenen Händen und weiße Fahnen schwenkend heraus.

Jetzt stellte ich mir vor, Ramonazo und Ataúlfo säßen als Gefangene in den Kellern der Geheimpolizei. Ich befand mich fürs erste noch in Sicherheit, fühlte mich aber so schwach, daß mir die Beine gezittert hatten, als ich in den ersten Stock des Cafés hinaufgegangen war. Die Angst, die Einsamkeit und die Nervosität verstärkten meinen Hunger noch: Ich bestellte Milchkaffee und Gebäck, eine köstliche Spezialität, in die Ataúlfo mich eingewiesen hatte, der ein profunder Kenner aller Bars, Cafés, Tavernen und Clubs von Madrid war. Ich tunkte gerade ein Stück von meinem Kuchen in den Milchkaffee, als eine Überschrift in der Zeitung mir jeden Appetit nahm: Die Regierung hatte Generalleutnant D** abberufen, der, wie man sich erinnern wird, der Anführer unseres Aufstandes war, der spanische Antonio de Spinola, dem per Post Monokel zugeschickt wurden.

«Ruhe bewahren», sagte ich mir wieder, diesmal in den Spiegel des Waschraums der Cafetería La Mallorquina. Ich kehrte an meinen Tisch zurück, beobachtete mit äußerster Aufmerksamkeit die Umgebung des Polizeigebäudes, wo keine ungewöhnlichen Bewegungen festzustellen waren, faltete die Zeitung zusammen, in der ich seit Tagen keine Stellenangebote mehr studiert hatte, trank meinen Kaffee aus, aß das letzte Stück Kuchen und leerte ein Glas köstlich frischen Wassers, das mir der Kellner unaufgefordert hingestellt hatte. «Ruhe und Mut.» Ich zahlte und gab ein Trinkgeld, das Ataúlfos würdig gewesen wäre (das Alter des Kellners und seine Aufmerksamkeit, mir ein Glas Wasser hinzustellen, waren mir zu Herzen gegangen), und dann ging ich, die belebtesten Straßen meidend, zur Plaza de Santo Domingo hinauf, wo sich der Club *Azur* befand. Ich hatte so ein Gefühl, als ob Ataúlfo sich dort versteckt haben könnte: Alles in allem ein beneidenswertes

Versteck, jenes blaue Diwanzimmerchen mit den Spiegeln und den schlanken Gläsern im Barschrank, in denen die Eiswürfel klirrten, wenn die notdürftig in blaue Seide gehüllte Frau bereitwillig den Whisky darübergoß …

Ich klingelte und klopfte, doch niemand öffnete. Daß man mich allein ließ, war vielleicht die Strafe für einen Vertrauensbruch, der eine Katastrophe ausgelöst hatte. Ich ging zur Pension zurück, für den Fall, daß dort eine Nachricht auf mich wartete, und meine Stimmung hatte sich so gewandelt, daß der Geruch von Schinken und Würsten unten am Eingang mich nicht hungrig machte, sondern mir Übelkeit bereitete. In der Nähe der Haustür parkte ein Lieferwagen mit laufendem Motor, der schwarze Auspuffwolken ausstieß. Im unheimlichen Zwielicht des Treppenhauses stieß ich mit einer Frau zusammen, die zwei Stufen auf einmal nehmend die Treppe herabgelaufen kam: Ich entschuldigte mich, knipste das Licht auf dem Treppenabsatz an und erkannte sie nach einem Foto, das Ramón mir gezeigt hatte: Es war seine maoistische Freundin, und tatsächlich lag etwas Orientalisches in ihrem kleinen Gesicht mit der straffen Haut und den breiten Wangenknochen, in ihrer kleinen, behenden Gestalt. Ich konnte nicht heraushören, woher ihr leicht ausländischer Akzent stammte, mit dem sie die Worte aussprach. Sie erkannte mich ebenfalls, obwohl ich keine Ahnung habe, woher, klammerte sich an mich und schüttelte meine Jackenaufschläge mit Händen, die mir winzig vorkamen.

«Du mußt Ramón warnen, dringend, ich hab keine Zeit mehr dazu, sag ihm, er soll verschwinden, soll sich nicht mehr sehen lassen, wir sind aufgeflogen, sag ihm, er soll auf sich aufpassen, leb wohl.»

Sie sprach und bewegte sich so schnell, daß ich erst merkte, daß sie gegangen war, als ich den Motor des Lieferwagens aufheulen hörte, der auf sie gewartet hatte. Ich ging nicht mehr zur Pension hinauf. Mir zitterten die Knie, und ich spürte denselben stechenden Schmerz in meiner Blase wie damals auf dem Campus, als ich die Spezialeinheit auf mich zukommen sah. Ich fühlte mich wieder wie in den Tagen meiner größten Einsamkeit und Not, bewegte mich wie ein Schlafwandler durch die grenzenlose Weite der unbekannten, feindseligen Stadt, nicht sicher, ob ich wachte oder schlief und ob ich träumte, was ich vor Augen hatte, was ich durch das leicht getrübte Glas meiner Wahnvorstellungen sah, das mal milchig war und mal von Atemdampf beschlagen. An der Plaza de España nahm ich die U-Bahn bis zum weit entfernten Viertel von Aluche, wo ich zwischen Baugrundstücken und halbfertigen Siedlungen umherirrte, bis ich in der Ferne ein stillstehendes Riesenrad sah, die krönenden Wimpel eines Zeltes, und nach einem erschöpfenden Fußmarsch – das Riesenrad schien immer in gleicher Entfernung zu bleiben – die Autoscooterbahn fand, auf der Ramonazo arbeitete. Das Wetter hatte gewechselt, es war jetzt sehr warm. Ein Mann mit nacktem Oberkörper und mit Tätowierungen auf den herkulischen Bizeps war die einzige menschliche Erscheinung weit und breit. Er bespritzte sich Brust und Gesicht mit Wasser aus einem Schlauch. Als ich ihn nach Ramón fragte, ließ er den Schlauch zu Boden fallen und musterte mich so eingehend von Kopf bis Fuß, als wolle er mich gleich durchsuchen.

«Der Dicke?» fragte er schließlich und rieb sein Gesicht trocken. «So, wie der gerannt ist, müßte er bald in Ciudad Real sein. Und wenn er nicht aufgepaßt hat, haben ihn längst die Spitze erwischt, und er schiebt Wache im Knast.»

«Die wer?»

«Die Spitze», der Kraftprotz setzte eine geduldig verdrossene Miene auf. «Die Dreispitze. Die Zwillinge. Ist weiß und wird von Hühnern gelegt ...»

Die Guardia Civil hatte Ramonazo gesucht, aber er war ihnen entwischt! «Eine Menschenjagd nach allen Regeln der Kunst», dachte ich. General D** abgesetzt, sicher demaskiert; der Chef der Guardia Civil erklärt, seine Institution werde zu ihrer historischen Verantwortung stehen, was für jeden, der es verstehen wollte, hieß, daß sie dem Francoregime treu ergeben war; Ataúlfo an einem unbekannten Aufenthaltsort, Ramonazo auf der Flucht, die maoistische Zelle seiner Freundin aufgeflogen, die Zivilen ihnen auf den Fersen: Das einzig Vernünftige, was ich tun konnte, war fliehen. Ich hatte Geld in der Tasche, und aufgrund einer Vorsichtsmaßnahme meiner Mutter, auf der sie immer wieder bestanden hatte, trug ich auch meinen Ausweis bei mir. Züge und Autobusse würden jetzt noch nicht überwacht werden, und das Vernünftigste wäre, nach Atocha zu fahren, mir eine Fahrkarte für den ersten Zug zu kaufen, der in Richtung meines Dorfes fuhr, und mich eine Zeitlang nicht mehr blicken zu lassen, bis sich die Wogen geglättet hätten. Außerdem, wer war ich schon: Meine Abwesenheit konnte sich nicht allzu nachteilig auf den antifranquistischen Kampf auswirken, der immerhin seit fünfunddreißig Jahren ohne mich im Gange war, wenn auch, wie es schien, mit nicht allzu großem Erfolg. Verloren um drei Uhr nachmittags auf den gelben öden Feldern der Außenbezirke von Madrid, drang der Gedanke, noch am selben Tag in mein Dorf zurückzukehren, im Hause meiner Eltern zu Abend zu essen und die Nacht zu verbringen, mit unbändiger Macht auf mich ein, als erwache in mir plötzlich der verschreckte Dörfler, den ich unter sieben Schlössern in meinem Innern verborgen hielt, der gehorsame Konformist, der ewige Biedermann, der nur greifbaren Illusionen wie Verlobung und Heirat nachhing und sein tägliches Wohlergehen keinesfalls einer journalistischen Schimäre opfern wollte.

Doch etwas hinderte mich, auf direktem Wege nach Atocha zu fahren, zwang mich, meine Furcht zu überwinden und erst zur Pension zurückzukehren: nicht aus Loyalität zu Ramonazo oder Ataúlfo, nicht aus Höflichkeit, weil ich mich von dem asturischen Ehepaar verabschieden wollte, das die Pension führte, nicht aus dem Wunsch, meine Bücher, meine Aufzeichnungen, meine Zeitschriftensammlung *Triunfo* und die Briefe und Fotografien meiner Verlobten mitzunehmen. Ich kehrte zur Pension zurück, weil ich nicht imstande war, ohne meine Schreibmaschine abzureisen, meine süße tragbare Begleiterin, mein Allheilmittel gegen Langeweile und Sonntagnachmittage, meine brave *Tippa Adler*, die schnell war wie ein Windhund, der Schatz meiner Ersparnisse, der Mechanismus meiner Jugendträume. Meine letzten Mutreserven mobilisierend, öffnete ich die Tür zum Zimmer, und da lag Ramonazo auf seinem Bett, schnarchend, eine aufgeschlagene Ausgabe von *Diez Minutos* als Schutz gegen das grelle Mailicht auf dem Gesicht. Er sagte von sich selbst, und das zu Recht, er könne noch auf der Spitze eines Stachels schlafen.

Ich nahm ihm die Hochglanzseiten mit Fotos von Mädchen in Bikinis vom Gesicht, schüttelte ihn wie einen Sack, wie ein im Schlamm vergrabenes Krokodil, rief ihn laut beim Namen, sagte ihm, wir hätten keine Zeit zu verlieren, wir müßten fort, seine Freundin habe gesagt, er müsse verschwinden. Er setzte sich auf, streifte mich mit seinem Atem, der die Rückstände einer schlimmen Nacht mit sich führte, gähnte und fuhr sich mit der Hand über das unrasierte Kinn, was ein schmirgelndes Geräusch verursachte.

«Das gibt's doch nicht», sagte er und gähnte noch ausgiebiger, wie ein Nilpferd. «Ich hau mich kurz aufs Ohr, und du mußt mich wecken.»

«Du hast es ihr gesagt, stimmt's? Du hast mir geschworen, das Geheimnis zu wahren, aber du mußtest es ja deiner Freundin erzählen, und jetzt sieh nur, was du angerichtet hast. Oder hast du es noch jemand anderem gesagt?»

«Mann, gesagt, gesagt, nicht direkt», Ramonazo fuhr sich mit den Fingern über das kratzige Gesicht, um besser nachdenken zu können. «Einem guten Freund, einem aus unserem Dorf, hab ich letzte Nacht einen Tip gegeben, ihm nur gesagt, er soll aufpassen. Wir haben in seiner Bar in Aluche ein paar Gläser getrunken, und er fing an, darüber zu jammern, daß Franco wohl ewig weiterleben wollte, und ich dachte, Mensch, das ist doch ein Freund, der voll vertrauenswürdig ist, ich habe nicht das Recht, ihm eine kleine Freude vorzuenthalten, obwohl er von der bürgerlichen Demokratie auch nichts hält, und er hat mir geschworen, hörst du, geschworen bei seinen Kindern, daß nicht ein Wort über seine Lippen kommt ...»

«Aber du siehst doch, was du erreicht hast», während ich Ramón Vorwürfe machte, packte ich meinen Koffer mit dem erstbesten, was mir unter die

Finger kam. «Wir müssen schnellstens verschwinden. Alles geht den Bach runter. Dir ist wahrscheinlich schon die Guardia Civil auf den Fersen.»

«Dreckskerle, sicher hat mein Vater sie auf mich gehetzt.»

«Von wegen», ich sprach mit überraschender Autorität zu Ramonazo, half ihm, seinen Koffer zu packen und stopfte ihm Sachen in seine Jackentaschen. «Hat dein Vater etwa auch diese prochinesische Zelle zerschlagen, in der sie dir das Hirn gewaschen haben?»

Das Telefon ließ uns beide verstummen: Es klingelte in der Ferne des Nebenzimmers, aber wir wußten beide, daß der Anruf mit uns zu tun hatte. Ich öffnete die Zimmertür und sah die Wirtin über den Flur kommen, um mich zu benachrichtigen. Es war Ataúlfo: Seine Stimme klang seltsam und fern, er sagte mir aber nicht, von wo er anrief, und ich fragte ihn nicht. In Wirklichkeit wußte ich nicht, was ich ihm sagen sollte. Ich schämte mich und starb beinah vor Angst. Ich sagte ihm, wie um mich besonders dienstfertig zu erweisen, seine Nachricht hätte ich überbracht. Ich konnte aber nicht an mich halten und gestand ihm auch, daß ich das Geheimnis ausgeplaudert hatte. Er war liebenswürdig wie immer, liebenswürdig und ein wenig distanziert. Ich warnte ihn vor der Gefahr. Er berichtete mir, die Polizei sei im Club *Azur* gewesen, und er riet mir, für eine Weile zu verschwinden, nichts zu unternehmen und auf Nachricht von ihm zu warten. Sie kam nie. Seltsam, daß es keinen Instinkt gibt, der einem sagt, daß man zum letztenmal mit einem Menschen spricht.

Während wir mit dem Taxi nach Chamartín fuhren, hörten wir im Radio die Nachricht von der Zerschlagung einer extremistischen Zelle, die einer Gruppierung angehörte, die sich selbst Patriotische Antifaschistische Revolutionäre Front nannte und bei der reichlich subversives Material sowie eine Ladung Feuerwaffen und Sprengkörper beschlagnahmt worden war. Ich sah, wie Ramonazo blaß wurde, als er es hörte, blaß und gelblich, als werde ihm im Auto übel. Im Bahnhof kaufte ich ihm eine Fahrkarte nach Barcelona, derweil er sich in den Toiletten verborgen hielt und sich nebenbei übergab. Ich kaufte sie von meinem Geld, denn seines hatte er in den letzten Tagen durchgebracht, zum Teil mit seinen Freunden aus Parla und Aluche und zum Teil, wie er mir gestand, als finanzielle Unterstützung der Zelle, die die Polizei gerade hatte auffliegen lassen. Er kannte niemanden in Barcelona und wußte nicht, wovon er dort leben sollte, bis er eine Arbeit gefunden hätte, so daß ich ihm mein ganzes Geld gab, bis auf zweihundert Peseten für die Metro und für belegte Brote. Dann stellte ich mich an die Straße nach Andalusien, um per Anhalter nach Hause zu fahren, und keine zwei Stunden später nahm mich der Fahrer eines DKW-Lieferwagens mit, der, wie sich herausstellte, aus einem Nachbardorf kam.

Um elf Uhr nachts klopfte ich bei meinen Eltern an und konnte es kaum erwarten, das überraschte Gesicht meiner Mutter zu sehen. Zur selben Zeit würde Ramonazo in einem überfüllten, übelriechenden Abteil zweiter Klasse so entspannt schlafen, als reise er im Schlafwagen. Ich dachte daran, wie blaß er ausgesehen hatte, als wir uns voneinander verabschiedeten, unrasiert, mit geschwollenem Gesicht, mir am Fenster zum Abschied winkend, voller Furcht wohl nicht allein vor der Polizei, sondern vor einer anderen Großstadt, in der er wieder keine Menschenseele kannte.

Zu den Abschlußprüfungen fuhr ich nicht nach Madrid zurück. Ich blieb in meinem Dorf, wartete Tag um Tag auf die Nachricht vom Aufstand, wollte nicht glauben, daß er gescheitert war. Nach schwerem innerem Kampf beschloß ich, mich meiner Verlobten anzuvertrauen, die überaus besorgt war, als sie erfuhr, was sich anbahnte, mir ohne zu blinzeln in die Augen schaute und schwor, das Geheimnis für sich zu behalten. Sie hatte Angst um mich, aber auch um ihren Vater, und ich glaube, die Zuneigung zu ihm bewog sie dazu, ihm etwas zu sagen: Ihr Vater, der mich nicht ausstehen konnte und keine Hemmungen hatte, jedem zu erzählen, ich sei der größte Irrtum im Leben seiner Tochter, gab sich einige Tage lang zugänglicher und lud mich eines Sonntags sogar zum Essen mit der Familie ein, was er bisher noch nie getan hatte und was sich auch während der nächsten Jahre nicht wiederholen sollte.

Hin und wieder rief ich bei Ataúlfo an, doch er ging nie selbst ans Telefon, und wenn ich die Stimme seiner Frau oder eines seiner Söhne hörte, legte ich wortlos auf. Der Mai ging seinem Ende zu, und nichts geschah. Die Dinge passierten wie üblich anderswo, in Portugal, wo die Revolution in Wogen des Ungestüms und der Begeisterung voranschritt, in Frankreich, wo es möglich schien, daß die Vereinigte Linke die Wahlen gewann, womit die Francodiktatur unweigerlich ins Abseits geriete. Auf einem portugiesischen Flugblatt, das mir in die Hände fiel, sah man zwei große Menschenströme mit roten Fahnen, die von Paris und Lissabon ausgingen, über unsere Grenzen schwappten und wie eine Flutwelle in Spanien zusammenflossen.

Daß ich aus Madrid zurückgekehrt war, ohne meine Abschlußexamen zu machen, bestärkte meinen Vater in seinem Verdacht, daß ich fürs Studieren nicht geeignet war. Ich sagte ihm, und ich versprach dasselbe auch meiner Verlobten, hauptsächlich, damit sie die Information ihrem Vater weitergab, daß ich ab September wieder alle Vorlesungen besuchen werde, aber dann tat ich es doch nicht, ließ mich lähmen von der Hitze im Juli und August, die in meinem Dorf unbarmherzig ist, und im Oktober hatte ich gar nichts mehr an der Hand, streunte mit Freunden über die Calle Nueva, erzählte einem meiner besten, nachdem ich ihm das Versprechen absoluten Stillschweigens abgenommen hatte, von meinen Abenteuern als Untergrundkämpfer in Madrid.

Ein paar Jahre verbrachte ich so, faul und träge, die Rückkehr zur Universität verschob ich immer wieder, ab und zu half ich meiner Mutter im Laden. Ich starrte auf meinen Teller, wenn mein Vater mich beim Essen einen Nichtsnutz oder Faulenzer nannte und seine Stimme dabei über die Lautstärke des Fernsehers erhob, während meine Geschwister von ihren Tellern löffelten, als hörten sie nichts oder nur den Fernseher oder den Regen. Jeden Abend um acht wartete ich auf meine Verlobte, die jetzt im Verwaltungsbüro *Jungfrau von Guadalupe* arbeitete, welches, ebenso wie die Fahrschule gleichen Namens, ihrem Vater gehörte. Die kalten oder regnerischen Winterabende verbrachten wir im Kino, wo wir kaum auf den Film achteten, obwohl wir am Ende alle Dialoge fast auswendig kannten, so oft hatten wir sie gehört. Wir deckten uns mit meinem Anorak und ihrem Mantel zu, da das Kino unbeheizt war, und blieben in der Regel bis kurz vor zehn, denn um diese Zeit mußte sie im Winter nach Hause. Im Sommer blieb sie bis elf mit mir zusammen, an Sonntagen bis Mitternacht.

Eines Morgens, ich war gerade im Elternhaus

meiner Verlobten zu Besuch, verkündete Präsident Arias Navarro im Fernsehen, daß Franco gestorben sei. Ihre Mutter und ihre ältere Schwester begannen zu weinen. Voller Verdruß über die lange Zeit, die er zum Sterben gebraucht hatte, konnte ich nichts empfinden, keine Freude, keine Erleichterung, nur ein leichtes Befremden, das im Laufe des Tages zunahm. Im Fernsehen wurde ohne Unterbrechung klassische Musik gespielt, und die Menschen standen mit gesenkten Köpfen vor dem Königspalast Schlange und weinten oder beteten den Rosenkranz.

Genau ein Jahr später, im November 1976, stellte meine Verlobte fest, daß sie schwanger war. Heute mag es albern erscheinen, doch damals, in unserem Dorf und in ihrer Familie, war diese Schwangerschaft eine Tragödie, eine etwas komische, aus der Distanz betrachtet, von viel Theatralik begleitet, aber doch eine Tragödie. Wir heirateten unverzüglich in einer nahe unserem Dorf gelegenen Wallfahrtskapelle, in der meine Braut, als sie neben mir auf den nackten Steinfliesen kniete, vor Kälte zitterte. Sie trug ihr Haar kurzgeschnitten, einen weißen Mantel mit Hermelinkragen und hohe Stiefel, ebenfalls weiß, mit kunstledernem Glanz. Sie sah sehr hübsch aus, mit dieser knospenden Fleischlichkeit, die die Schwangerschaft bereits ihrer Figur und ihrem Gesicht verlieh, doch ich glaube, wenn ich sie an jenem Tag so sehr liebte, dann wegen des heimlichen Mitleids, das ich für beide empfand, vor allem für sie, mit ihren bloßen, kältestarren Knien auf den Steinfliesen und in ihrem kurzen weißen Mantel, den eine Freundin ihr geborgt hatte. Ihr Vater übernahm mich als Sachbearbeiter in seinem Verwaltungsbüro, allerdings nicht ohne mir klarzumachen, daß er dies nicht meinetwegen tat: «Ich tue es für meine dumme Tochter, damit du sie nicht verhungern läßt, und für meinen armen Enkel, der nichts dafür kann, daß er auf die Welt kommt.» Von der Ermordung der Arbeiteranwälte in der Calle Atocha erfuhr ich während eines Abendessens im Hause meiner Schwiegereltern, bei dem ich neben meiner Frau saß, der die Mutter mit einem feuchten Tuch über die Stirn fuhr, weil ihr übel geworden war, als ihr aus der Küche ein starker Fischgeruch in die Nase stieg.

«In achtundvierzig Stunden wäre das bei mir erledigt gewesen», dröhnte mein Schwiegervater, und ich war mir nicht sicher, ob er das blutige Geschehen jener Wochen in Spanien meinte oder die Unpäßlichkeit meiner Frau.

Unser Kind wurde während der Hitzewelle des Sommers 1977 geboren, die es beinah nicht überlebt hätte, ausgetrocknet, wie es war, unter konstanten Durchfällen leidend, rot von Tränen und Schweiß. Heute sehe ich den Jungen an und denke, das ist nicht derselbe Mensch; dieser schweigsame und etwas finstere junge Mann, der mir nicht in die Augen schaut, wenn ich ihn etwas frage, kann nicht dasselbe Wesen sein, das seiner Mutter und mir fast aus den Armen glitt in der verzweifelten Schlaflosigkeit jenes Sommers, in der Neubauwohnung, die ihr Vater uns zur Hochzeit geschenkt hatte und in der die Luft, selbst nachts, heiß wie in einem Backofen war. Unmöglich, denke ich, wenn ich ihn ansehe, die Zeit kann doch nicht so schnell vergangen sein, als sei ich letzte Nacht um vier erschöpft eingeschlafen, weil das Kind nicht aufhörte zu weinen und sich die Windeln mit einem flüssigen Durchfall zu verschmutzen, und heute morgen, als ich aufstand, war der Junge auf einmal sechzehn Jahre alt.

Sein Bruder, der im Januar zwölf wird, ist das genaue Gegenteil von ihm: sehr liebevoll zu seiner Mutter und zu mir, hervorragend in der Schule, lebhaft, gehorsam, ohne jeden Komplex, obwohl er für sein Alter etwas übergewichtig ist. Manchmal tut er mir uneingestandenermaßen ein wenig leid, wenn ich sehe, wie gutherzig und wie ungelenk er ist, so voller Zuneigung zu seinem älteren Bruder, der ihn früher mit gezielter Stumpfheit zur Raserei brachte, ihn jetzt aber seit ein paar Jahren schon nicht mehr beachtet, so wie er auch seine Mutter und mich nicht mehr beachtet. Ich frage mich aber, ob ich in seinem Alter meine Eltern noch beachtet habe: Mein Sohn ist dem viel näher, der ich während meiner kurzen Zeit in Madrid war, als dem, der ich jetzt bin, ein apathischer, distanzierter Erwachsener, ein Vater, der bald vierzig wird. Er hat mich noch nie im Büro besucht, und wenn ich mit seiner Mutter und seinem Bruder einen Spaziergang mache und wir uns auf der Calle Nueva begegnen, wechselt er die Straßenseite und tut so, als habe er uns nicht gesehen.

Fast jedes Jahr zu Weihnachten oder Ostern besucht uns Ramón Tovar. Er hat sich in einem Dorf bei Valencia niedergelassen, wo er zuerst als Vertreter für eine Schuhfabrik arbeitete, dann Werkmeister wurde und mit der Zähigkeit des Autodidakten später eine Fortbildung in der Verwaltung machte, wonach er zum Geschäftsführer aufstieg, eine Stellung, in der er sich heute stolz präsentiert. Er hat eine Frau von dort geheiratet, mit sehr dunklem Teint, breit und kräftig gebaut wie er, mit blond gefärbtem Haar, und er spricht mit ihr und mit seinen Kindern in einem wunderlichen Gemisch von Valencianisch, altmodischen Redewendungen und dem Tonfall unseres Dorfes, den er nie abgelegt hat, trotz der vielen Jahre und einem valencianischen Lokalpatriotismus, den er so leidenschaftlich pflegt, daß er mir manchmal, ich kann es nicht verhehlen, auf die Nerven geht und mich an seinen vergessenen Maoismus erinnert.

Ansonsten führe ich ein einfaches, unbeschwertes Leben, in dem auch das eine oder andere bescheidene Privileg nicht fehlt und in dem außerhalb meiner Arbeit und meiner Familie nicht viel passiert. Als mein Vater starb, sind wir in eine andere Wohnung gezogen und haben meine Mutter zu uns genommen. Gelegentlich ist es ein wenig bedrückend, mit zwei

Frauen zusammenzuleben, die sich, nicht ohne Grund, zugute halten, mich besser zu kennen, als ich mich selber kenne, und denen ich nie etwas verheimlichen könnte. Doch das ist kein großes Verdienst: Es gibt kaum einen Menschen, dem ich meine Gedanken oder meine Gefühle verheimlichen konnte, und mittlerweile scheint es mir ein bißchen spät, es noch zu lernen, während ich sehr wohl, denke ich in niedergeschlagenen Augenblicken, Nachhilfestunden in Verschlossenheit bei meinem ältesten Sohn nehmen könnte.

Ein einziges Geheimnis besaß ich in meinem Leben, aber ich gab es leichtfertig her, wie jemand, der einen Schatz hat und ihn verschleudert, ihn von sich wirft und hinterher mit leeren Händen dasteht. Mir wird jedoch klar, daß ich heute ein anderes besitze, und da ich nicht wußte, daß ich eines besaß, konnte ich es auch nicht verraten. Kein Mensch denkt mehr an jene Zeiten zurück, niemand erinnert sich mehr an den Winter und das Frühjahr 1974 oder an die Hinrichtung von Puig Antich oder an den Namen des Ungarn oder Polen, den sie in Barcelona garrottierten. Ich erinnere mich noch genau an alles: Das ist mein Geheimnis. Niemand weiß, daß ich mich immer noch nach dem sehne, was sich nie ereignete, die offene, wollüstige Revolution, die nie zum Zuge kam, das Schwindelgefühl, inmitten einer Menschenmenge mit erhobenen Fäusten und wehenden roten Fahnen die Panzerwagen zu umringen, die nie auf die Balkone des Gebäudes der Geheimpolizei feuerten. Ich beklage mich nicht über mein Leben, aber ich frage mich doch, wie das andere gewesen wäre, wie es mir ergangen wäre, wenn ich weiter studiert hätte, wenn ich nicht die entsetzliche Unvernunft, die Niederträchtigkeit besessen hätte, mein Wort zu brechen, beim ersten Zeichen von Gefahr davonzulaufen und mich in meinem Heimatdorf zu verkriechen. Bei der Arbeit und bei mir zu Hause behandeln sie meine Zerstreutheit mit Nachsicht, amüsieren sich über mein schlechtes Gedächtnis und ziehen mich auf, weil ich mich nie erinnern kann, wo ich gerade etwas hingelegt habe. Sie wissen nicht, daß in einer anderen, gut funktionierenden Erinnerung hinter der, die sie kennen, wie in einem doppelten Boden mein Geheimnis liegt: die wenigen Dinge von damals, die ich nicht vergessen will und kann, die Freude, frisch in Madrid angekommen zu sein, die Begeisterung darüber, eiskalten Weißwein zu trinken und Langusten zu verspeisen, nachdem ich einen ganzen Tag lang nichts gegessen hatte, die Schwerelosigkeit einer Taxifahrt die Calle de Alcalá hinunter, spätnachts, um zwei oder drei Uhr morgens, wenn kaum Verkehr auf den Straßen herrschte und der Brunnen von Cibeles noch angestrahlt wurde.

Zu jener Zeit, in den siebziger Jahren, vor allem am Anfang, glaubten wir voller Inbrunst an Kommunikation, stellten uns vor, daß Freundschaft und Liebe nicht möglich seien ohne eine vollkommene

Transparenz, verzweifelten wir an der Schwierigkeit, unsere Empfindungen zu vermitteln. Heute bin ich manchmal für das genaue Gegenteil dankbar, für das Privileg der Unverletzlichkeit, das Wunder der Stille, das Recht, mich zu erinnern, ohne daß jemand davon erfährt, ohne daß meine Frau, die in der Dunkelheit unseres Schlafzimmers an meiner Seite liegt, je etwas von jener Freundin oder Komplizin Ataúlfo Ramiros ahnt, die ich eine Sekunde lang nackt gesehen habe, vor neunzehn Jahren in Madrid, als sie mir die Tür aufhalten wollte und ihr Morgenmantel aus blauer Seide vor meinen Augen auseinanderglitt und sie auflachte, als bedeute ihr meine Anwesenheit nichts. Ich war im Begriff zu gehen, aber ich starrte sie weiterhin an, und sie band weder ihren Morgenmantel zu noch rührte sie sich von der Schwelle, und ich roch nicht ihr Parfüm, sondern ihre nackte Haut, merkte, daß mein Gesicht glühte, und dachte, wenn ich sie bäte, mich wieder eintreten zu lassen, werde sie nicht nein sagen, doch dann hatte ich plötzlich mehr Angst als jemals zuvor, sagte ihr auf Wiedersehen und hörte eine Weile später, als ich die Treppe hinunterging, die Tür ins Schloß fallen, eine der vielen Türen, die sich einem im Leben verschließen und nie wieder öffnen.

Antonio Muñoz Molina

Der polnische Reiter

Roman
Deutsch von Willi Zurbrüggen
704 Seiten. Gebunden

Im obsessiven Bann ihrer gemeinsamen Herkunft rekonstruieren der junge Manuel und seine Geliebte Nadia anhand eines alten Koffers voller Bilder die gleichermaßen geheimnisvolle wie aufregende Geschichte ihrer Stadt. Die vier Generationen umfassende Chronik des andalusischen Mágina ist ein opulenter, überbordender Roman.

Der Winter in Lissabon

Roman
Deutsch von Heidrun Adler
288 Seiten. Gebunden
und rororo 13560

«Eine wilde Mischung aus Krimi, Liebesgeschichte und sentimentalen Schwärmereien von alkoholdurchtränkten Nächten in Jazzkellern. Der Pianist Biralbo hat in Lissabon einen Mann erschossen, den Ex-Mann seiner Geliebten. Auf der Flucht vor dessen Komplizen und der Polizei taucht er in Madrid unter und tritt dort unter falschem Namen in einem zweitklassigen Lokal auf.» F.A.Z.

Die anderen Leben

Erzählungen
Deutsch von Willi Zurbrüggen
140 Seiten. Paperback

«Mit der Zeit wird nahezu alles, was einmal offenkundig schien, als trügerisch entlarvt: man liest die unvorstellbaren Lügen, die man sich vor Jahren ausgedacht hat, und stellt fest, wie schamlos man die Wahrheit erzählt hat.» Antonio Muñoz Molina

Antonio Muñoz Molina

Beatus ille
oder Tod und Leben eines Dichters

Roman
Deutsch von Heidrun Adler
rororo 13009

Ein Doktorand macht sich auf die Suche nach Spuren eines Schriftstellers, der noch immer als republikanischer Held des Spanischen Bürgerkriegs verehrt wird. «Souverän eignet sich Antonio Muñoz Molina die historische Vergangenheit an, um sie für sein Interesse an der Gegenwart nutzbar zu machen: zur Demontage eines falschen Heldentums.» F.A.Z.

Deckname Beltenebros

Roman
Deutsch von Willi Zurbrüggen
rororo 13750

Als Darman im Auftrag der spanischen KP den Verräter Andrade liquidieren soll, holt ihn seine Vergangenheit ein: die Affäre Beltenebros. In seinem Roman, der Politthriller, Liebesgeschichte und Gangsterstory zugleich ist, rechnet Antonio Muñoz Molina mit der faschistischen Diktatur ab, aber auch mit den kriminellen Methoden ihrer Gegner.

Die Geheimnisse von Madrid

Roman
Deutsch von Michael Hofmann
rororo 13436

In Mágina, einer kleinen spanischen Provinzstadt, wird eine Christusreliquie gestohlen. Der Journalist Lorencito Quesada soll die wertvolle Figur wiederbeschaffen. Die Spur führt nach Madrid in höchst zwielichtige Kreise. Sehr bald schon stößt Quesada auf die erste Leiche.